国际安徒生奖大奖书系
GUO JI AN TU SHENG JIANG DA JIANG SHU XI

万花筒

1956年安徒生奖得主

[英国] 依列娜·法吉恩 / 著

马爱农 / 译

方卫平 / 主编

时代出版传媒股份有限公司
安徽少年儿童出版社

GUOJI ANTUSHENGJIANG
DAJIANG SHUXI

图书在版编目(CIP)数据

万花筒/(英)依列娜·法吉恩著；马爱农译.— 合肥:安徽少年儿童出版社,2016.3(2025.6重印)
(国际安徒生奖大奖书系/方卫平主编)
ISBN 978-7-5397-8181-5

Ⅰ.①万… Ⅱ.①依… ②马… Ⅲ.①儿童文学－长篇小说－英国－现代 Ⅳ.①I561.84

中国版本图书馆CIP数据核字(2015)第150279号

[英国]依列娜·法吉恩／著
马爱农／译
方卫平／主编

国际安徒生奖大奖书系·万花筒

出 版 人：李玲玲	责任编辑：宣晓凤	责任校对：冯劲松
装帧设计：缪 惟	插 图：李军帅 等	责任印制：朱一之

出版发行：安徽少年儿童出版社　　E-mail：ahse1984@163.com
　　　　　新浪官方微博：http://weibo.com/ahsecbs
　　　　　(安徽省合肥市翡翠路1118号出版传媒广场　邮政编码：230071)
　　　　　出版部电话：(0551)63533536(办公室)　63533533(传真)
　　　　　(如发现印装质量问题,影响阅读,请与本社出版部联系调换)

印　　制：安徽新华印刷股份有限公司		
开　　本：880mm×1230mm　1/32	印张：6　插页：2	字数：115千
版　　次：2016年3月第1版	2025年6月第17次印刷	

ISBN 978-7-5397-8181-5　　　　　　　　　　　　　　　　定价：18.00元

版权所有,侵权必究

汉斯·克里斯蒂安·安徒生奖
HANS CHRISTIAN ANDERSEN AWARD

"安徒生奖"全称汉斯·克里斯蒂安·安徒生奖,是由国际儿童读物联盟(IBBY)设立的、国际上公认的儿童文学作家和插画家的最高荣誉奖项,素有"小诺贝尔奖"之称。该奖项每两年评选一次,于1956年首次设立儿童文学作家奖,并于1966年增设了插画家奖,以表彰获奖者为青少年儿童文学事业做出的永久贡献。评选过程中,提名作家和插画家的所有作品都要经过筛选。获奖者会被授予一枚刻有安徒生头像的金质奖章和荣誉证书,许多优秀作家和插画家因获得这一奖项而永载史册。

国际安徒生奖大奖书系
GUOJI ANTUSHENGJIANG DAJIANG SHUXI

总策划：刘海栖　张克文

主　编：方卫平

顾　问：

　　艾哈迈德·莱泽·卡鲁丁（原国际儿童读物联盟IBBY主席）

　　玛丽亚·耶稣·基尔（原安徒生奖评委会主席）

　　海　飞（原国际儿童读物联盟中国分会CBBY主席）

　　张明舟（国际儿童读物联盟IBBY国际执委）

总统筹：徐凤梅

序言 /1

安徒生奖评委会主席
玛丽亚·耶稣·基尔

汉斯·克里斯蒂安·安徒生奖（以下均简称安徒生奖）是国际上公认的儿童文学作家和插画家的最高荣誉奖项，其宗旨是表彰获奖者为青少年儿童文学事业做出的永久贡献，每两年评选一次。评选过程中，提名作家和插画家的所有作品都要经过筛选。随着儿童文学的不断发展，安徒生奖得到了来自社会各界越来越多的关注：自1992年起，丹麦女王玛格丽特二世成为这一奖项的最高监护人；从2009年起，韩国的南怡岛株式会社成为该奖项的赞助机构。

颁奖典礼在隔年举行的国际儿童读物联盟（以下均简称IBBY）世界大会上举行，获奖者会被授予一枚刻有安徒生头像的金质奖章和荣誉证书。安徒生奖于1956年首次设立儿童文学作家奖，并于1966年增设了插画家奖。此后，许多优秀作家和插画家因获得这一奖项而永载史册。

推举候选人的任务由IBBY各国家分会承担。安徒生奖的评委会委员由各国家分会推荐,再由 IBBY 执行委员会选举产生。评委们来自世界各地,均为儿童文学领域的专家学者。

我有幸在 2008 年和 2010 年当选为安徒生奖评委会委员,并在 2012 年当选为安徒生奖评委会主席。我认为这是一项充满意义的工作,因为评委会必须通过两年严谨细密的调研,从来自世界各地申请评奖的作品中,选出美学与文学兼备、原创与创新并存的作品。在评选工作中,对于来自不同文化背景下的作品,评委会都会根据文学和艺术的评选标准,独立自主地作出裁决。

因此,当我获悉中国的安徽少年儿童出版社将要出版这套"国际安徒生奖大奖书系"时,惊喜之余备受鼓舞:有了这套书系的出版,千百万中国少年儿童就获得了一把金钥匙,去开启由世界顶级儿童文学作家和插画家共同建造的艺术圣殿。

最近,我曾两次受邀前往中国,考察中国儿童文学的发展情况。途中,我参观了多所小学,切身体会到阅读对儿童教育的重要性。众所周知,阅读是一项高水平、高要求的脑力活动,它能拓宽思维,激发创造力,培养独立意识,等等。益处不胜枚举,而儿童阅读能否成功推进,很大程度上取决于学校是否具体落实,故学校教育可决定儿童的未来。

另一方面,出版社,特别是主要读者群为儿童及青少年的出版社,肩负的社会责任十分巨大,因为他们需要配备一支文学和美学素质兼备的专业编辑团队,以严谨的态度,在浩瀚的童书市场中,挑选出不随波逐流的精品图书。他们还应具备准确判断年轻读者需求的独到眼光,以培养读者的想象力和审美能力为出发点,对作家和插画家提交的作品进行最精妙的编辑。通过高屋建瓴的编辑工作,优秀的原创文本和插图甚至能够锦上添花,而且更加切合读者的品位。此时,阅读的过程,也正是因为编辑的努力,不知不觉间升华为一种美妙的享受。

综上而论,优秀的文本可帮助人拓展思维,增长知识,解放思想;出色的插画可帮助人提高审美能力,走近艺术,认识世界。因此,阅读优秀儿童文学作品对儿童的成长意义十分深远。

最后,我想借这篇短短的序言,衷心感谢安徽少年儿童出版社为这项庞杂的出版工程所付出的辛勤劳动。我确信它将成为中国儿童文学史上令人永远铭记的里程碑。

(张天琪/译)

序言 /2
走向经典

浙江师范大学教授、博士生导师
著名儿童文学理论家
方卫平

　　亲爱的读者朋友，我们知道，安徒生奖是世界儿童文学界的最高奖项。这个被全球业内人士亲切而自豪地称为"小诺贝尔奖"的奖项，像它所借用的那位著名童话作家安徒生的名字一样，传递着一种经典的儿童文学气象。自20世纪50年代中期设立至今，先后获得安徒生奖的五十余位儿童文学作家和插画家，以他们奉献给孩子们的那些丰饶、瑰丽的儿童文学作品，延续着从安徒生开始被发扬光大的那个为童年写作的传统，也不断诠释、丰富着儿童文学经典的内涵与意义。

　　安徒生奖也是中国儿童文学界的一个情结。这些年来，我们对安徒生奖始终怀有一份恭敬而热切的向往。对于中国儿童文学界来说，走向安徒生奖，不仅意味着一种走向世界的勇气和自信，更意味着一种走向经典的姿态，一份走向经典的气度。我以为，在这个过程中，让中国儿童文学真正抵达并汇入到一种世界性的思想、情怀和艺术视野中，远比单纯赢得一个奖项的荣耀更重要，也更富有价值。

因此，2011年夏秋之交，当我获知安徽少年儿童出版社将与安徒生奖的设立者和主办者——国际儿童读物联盟(IBBY)合作，推出一套规划专业、宏伟，运作规范、精心的"国际安徒生奖大奖书系"时，我是怀着颇为振奋和恭敬的心情，应邀参与到这套书系的出版工作中来的。在我看来，走向经典的过程，首先必然是一个阅读和享受经典的过程，这种阅读使我们的目光越过一个世界级奖项的耀眼光芒，去关注这个奖项所内含的那些最生动的文本、最具体的写作，以及最贴近我们文学体温的语言和故事。

这套"国际安徒生奖大奖书系"的出版，是迄今为止中国范围内以安徒生奖获奖作家、插画家的作品为对象的最大规模的一次引进出版行为，也是首次得到该奖项主办者国际儿童读物联盟官方授权并直接合作支持的安徒生奖获奖作家作品书系。书系计划结合儿童文学的专业艺术评判以及对中国儿童读者阅读需求和特征的充分考量，从安徒生奖获奖作家、插画家的作品中持续遴选、出版一批富于艺术代表性的童书。特别值得一提的是，书系并非是对所有安徒生奖获奖作家作品的简单引进，相反，其中每一本入选的童书，都是在认真的专业考察和比较基础上择定的作品。同时，书系规划的引进对象，既包括荣膺安徒生奖作家奖和插画家奖作者的作品，也包含获得该奖提名的一部分优秀作家、插画家的作品。之所以将后者纳入其中，是考虑到那些参与安徒生奖角逐并获得提名的作者，其作品往往也在很大程度上代表了相应国度儿童文学创作的最佳艺术水平。通过吸收和容纳这一部分作者的优秀作品，书系希望将更多的世界儿童文学佳作，呈献给我们中国的读者朋友们。

整个书系由文学作品系列、图画书系列、理论和资料书系列三大板块构成，其中文学作品系列呈现了安徒生奖获奖者的文学作品，图画书系列包括了获奖者的图画书作品，理论和资料书系列则意在展示相关的研究成果和资料。书系第一辑47种已于2014年春天面世。现在各位朋友看到的是书系的第二辑。

总的来说，为中国的孩子们奉献一套高质量的世界儿童文学经典丛书，是这套"国际安徒生奖大奖书系"最大的理想，而这理想的背后，是从出版社到儿童文学专业领域的众多参与者为之付出的艰辛而持续的努力。我所看到的是，在前期的准备阶段，从选题的规划论证到作品的判断遴选，从版权的洽谈落实到译者的考评约请，从内容、译文的推敲琢磨到外形的装帧设计，等等，围绕着丛书开展的一切工作，无不体现了与安徒生奖名实相符的精致感和经典感。从这个意义上说，这套大奖丛书不但意味着一项以经典为对象的工作，它本身也在寻求成为当代童书引进史上一个经典的身影。

身处童书引进出版的当代大潮之中，我想特别强调后一种经典的意义。近二三十年来，一批数量庞大的国际性的获奖童书被持续译介到国内，并在中国的儿童读者中广为传阅，进而演化为某种逢奖必译的童书引进出版盛况。或许，很少有一个国度像今天的中国这样，对来自域外的童书抱有如此巨大而饱满的接受热情。然而，也正因为这样，域外童书译介工作本身的质量，尤应引起人们的关切。在我看来，这项工作的意义不仅仅在于对经典文本的介绍和转译，更在于寻找到一条从世界儿童文学经典通往中国儿童读者的最完美的路径，它能够在引进经典作品的过程中，从一切方面为中国的孩子们尽可能地保留那份来自原作的经典感。这是一种对经典的继承，也是一种对经典的再造。它所播撒开去的那一粒粒儿童文学经典的种子，将成为孩子们童年生命中一种重要的塑形力量。对成长中的孩子来说，这样的经典阅读带给他们的，将是最开阔的思想，最宽广的想象，最丰富的文化体验以及最深厚的语言和情感的力量。

我相信并期待着，"国际安徒生奖大奖书系"的出版，能够成为中国童书译介走向经典路途上的一个引人瞩目的标识。

目录 CONTENTS

第一章　地球的眼睛 …………… 1

第二章　咩咩和啦啦 …………… 6

第三章　银闪闪的新玩意儿 ………… 10

第四章　会扇风的树 …………… 16

第五章　变来变去的花花筒 ………… 18

第六章　太阳山 ……………… 21

第七章　雅各的梯子 …………… 30

第八章　假装吃饭的人 ………… 40

第九章　安东尼去采黑莓 ………… 52

第十章　一人受伤，别人也疼 ……… 62

第十一章　跳跳大娘 …………… 68

第十二章　找蘑菇的人 ………… 80

第十三章　神奇的大钟 ················ 92

第十四章　修道院院长的厨房 ······· 101

第十五章　安东尼走去上学 ·········· 113

第十六章　穿两件大衣的娇宝宝 ··· 120

第十七章　美丽的米勒 ················ 131

第十八章　听见树生长的人 ·········· 139

第十九章　罗马木偶戏 ················ 149

第二十章　在路上 ······················ 155

第二十一章　万花筒（钻过大树）··· 166

第二十二章　万花筒（穿过大门）··· 176

后记　关于"万花筒" ················ 177

第一章　地球的眼睛

　　安东尼是在地球上最美丽的地方长大的。爸爸总是说，那里是地球的眼睛。安东尼第一次听爸爸说这话时，年纪还小，没觉得其中有什么特别的意思。有些发音对他来说，已经有了可理解的意思。比如，"喵——"的意思是小猫，在很长时间里，这声音都意味着某种像小猫咪一样软绵绵的东西，如柔软的沙发垫子，或妈妈袖套上的海豹皮。勺子敲在餐盘上的声音，表示要开饭了。非常轻柔地哼小曲儿的声音，表示该睡觉了；如果哼的声音稍大一些，则表示在某人的膝头颠上颠下。泼溅水花的声音，表示正在洗澡。但是，安东尼第一次听见爸爸说"亲爱的，这是地球的眼睛"时，还不能明白这句话的意思。当时他在妈妈怀里，妈妈和爸爸站在半山腰的家门口，看着下面山坡上的果园和远处的磨坊池塘。那是一个春天的日子。宏伟起伏的山峦沉入山谷，又拔地而起，山谷那么幽深，充满了一种静谧而孤寂的气息，同时山谷又是那么开阔,到处洒满了阳光。在看不见的山顶上,有几条大路,然而这些绿茵茵的、鲜花盛开的草坡,看上去既陡峭、又平缓,柔和的曲线互相交叠、重合,把一个个谷底隐藏起来,使那些棕色的小溪流拐了七七四十九道弯儿——这些气势恢宏的山坡把尘世隔绝了,却并没有把天空遮挡在外。山坡上没有大路,只有一些羊肠小道,连接了一道道山谷,并把山谷边的小村落和农庄串联在一起。山峦实在太高了,这些村庄中那些的最高的屋顶、最高的树梢,都无法呈现在天空的背景上,它们的后面只是大片大片的草坡,一直往上、往上,直到与蓝天和白云相接。从一个山坡往另一个山坡眺望,远处的村庄看起来就像聚集在山坡上的一簇簇蘑菇。在安东尼家后面的半山腰上,就坐落着这样一个村庄。一条小路从村庄蜿蜒而下,通向那座孤零零的石头房子,下面是长满了果树的果园。果园就在那个平缓的山坡上,山坡脚下是一片平地,长长的、窄窄的,然后陡直地坠入下面溪流潺潺的山谷。这片果园下的平地从这头到那头几乎都是波平如镜的池水。从来没有哪一座磨坊池塘像这样静谧和熠熠生辉。这一方池水镶嵌在鸢尾花的花瓣和金凤花的叶子中间。偶尔会有很小的一簇亲水灌木,里面藏着一窝水鸡。池水从小路边延伸开去,很快就缩减为一道美丽的、分岔的溪流,上面那支唱着歌儿流进了孤独的山丘,下面那支汩汩地分成几道小瀑布,落入山谷。由分岔的溪流构成的这个V字形区域,地势高高低低,有的地方是干的,有的地方浸在水下,被树木掩映着,树根间交织着数不清的涓涓细流,泛着泡沫,缓缓流淌。这是一个充满了危险、魔法和险情的区域。而且,在静止不动的磨坊池塘里,也藏着一个永远不会破解的魔咒。磨坊池塘静静地躺在那里,如梦似幻,守护着一千个沉睡的秘密,似乎随时都可能受到惊扰。中了魔法的公主——她是水边那朵金色的鸢尾花,还是那只灵巧敏捷的水鸡?银光一闪,掠过水面。

磨坊就在果园下面的小路边,水车的大轮子湿漉漉的,布满苔藓。房子之间那片漆黑的小树林里,总是寒冷刺骨,水车就静静地藏在那里,黑黢黢的水箱滴着水,有时翻转搅动,有时静止无息,每个水箱都带着自己的秘密。安东尼自打开始懂事儿之后,就琢磨着,这魔法水车一定是巫师的,而不是仙女的。大水车在阴影里滴滴答答,看着有点儿令人害怕。安东尼不敢在那儿逗留,赶紧朝磨坊旁边的那道门走去,门的那边是长方形池塘旁的那片平坦的草地。你可以顺着池塘,在这片平坦的草地上漫步。对一个孩子来说,绿色小径的那头就是一道悬崖,陡直地扎在镶嵌着溪流的山谷中,每到春天就开满了蓬蓬勃勃的报春花——当然还有别的花,但最热闹的就是报春花了。磨坊的大门是给大人们进出的。一棵开裂的柳树挤靠在门的铰链上,支撑着大门。树根上有一道巨大的裂缝,空洞的树干上有两个正在腐烂的豁口,但这并不妨碍柳树长出新叶。孩子们从裂缝挤进去,夏天,柳树叶在他们头顶上闪烁微光;到了冬天,柳树看上去就没有这么友好了。万一哪一天柳树把你牢牢抓住呢?安东尼很小的时候,钻树洞时偶尔会冒出这个念头。但是想要接触磨坊的魔法世界,只能用这种办法进入。如果走大门,肯定会错过什么的。

到了这个时候,安东尼常常听爸爸念叨着:"这是地球的眼睛。"

在他完全明白之前,"眼睛"这个词对他来说已经有了新的含义。妈妈看着他以及他看着妈妈时的那个清澈的、亮晶晶的小点就是眼睛。爸爸站在房间门口,说"这是地球的眼睛"时,包括了他所看到的一切。不仅包括果园——那里有芦花鸡在啄食,黑斑小粉猪在拱土,鸭子们摇摇摆摆地从山坡走向水边;还包括镶嵌在金色和紫色花丛中的一方池水——水鸡像流星一样在水面上急速掠过;还包括磨坊池塘后面和下面的一条条溪流,以及许多欣欣向荣、郁郁葱葱的小岛;还包括家里拥有的那几亩肥沃的土地。爸爸说这话时,是包括了整个山谷以及两边山坡上的那些村庄,还有纵横交错、点缀着鲜花和小动物的山间小径。

可是对安东尼来说，自从这句话有了新的含义以来，"地球的眼睛"就是指那个磨坊。每当他从家里朝它望去，磨坊就像妈妈的眼睛一样，在下面繁花似锦的果园里闪闪发亮，似乎在邀请他靠近、靠近、再靠近，邀请他透过那只美丽的眼睛，看见天空中它所看到的以及大地上它所守护的。

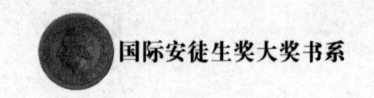

第二章 咩咩和啦啦

安东尼有个保姆叫咩咩。至少,安东尼管她叫咩咩,实际上她的真名叫梅梅。她几乎从安东尼一出生就陪伴在他身边了,最初在洗澡的时候,安东尼湿乎乎地躺在梅梅腿上拼命地蹬着,梅梅用柔软的厚毛巾把他裹起来,一边给他擦干,一边念念有词,还扯一扯他的小脚趾。

"谁是梅梅的小鸭鸭?嘎——嘎!鸭子说。谁是梅梅的小羊羔?咩——咩!小羊说。谁是我的小鸽子?咕咕——咕咕!鸽子说。谁是我的小牛犊?哞——哞!小牛说,哞——啊——哞——啊!"

接着,她就用雨点般的亲吻把安东尼淹没。

过了一段时间,安东尼开始跟着梅梅学习发声:"嘎——嘎!咩——咩!咕咕——咕咕!哞——哞!"梅梅叫安东尼的妈妈过来,听听安东尼的发声,看他多聪明啊!后来有一天,他们根本没在玩这个游戏,安东尼的妈妈突然走

到门口,喊道:"梅梅!"安东尼在保姆腿上扭来扭去,说了声"咩——咩——"大家都笑了起来,更觉得安东尼聪明伶俐了。从那以后,安东尼总是管梅梅叫"咩咩",别人也都跟着这么叫了。

有些人小时候是没有保姆的,可是安东尼小时候却有两个保姆。他妈妈想要一个小姑娘帮忙做做家务,也包括照顾安东尼。村里的彼得利太太认识山谷对面那个村的兰布尔太太,兰布尔太太有个姐姐住在山那边的村子里,生了一群孩子。"有儿有女,"彼得利太太说,"有几个闺女可能挺适合照顾安东尼。"

"你能不能请兰布尔太太跟她姐姐打听打听?"安东尼的妈妈说。

彼得利太太就去打听了,过了不久,两个胖乎乎的小姑娘出现了。她们个头一般高,鼻子也一模一样,如果不是其中一个的眼睛不是褐色而是蓝色,你简直都分不清她俩谁是谁。

"您是想要一个保姆吗,夫人?"一个小姑娘说。

"是的,亲爱的。你们是……"

"我们是兰布尔太太的外甥女,夫人。"两个小姑娘都行了个小小的屈膝礼。安东尼的妈妈笑眯眯地看着她们,然后问那个蓝眼睛的小女孩:"你叫什么名字?"

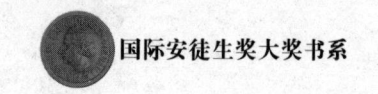

"回夫人话,我叫艾拉。"

安东尼的妈妈问褐色眼睛的小姑娘:"你呢?"

"回夫人话,我叫梅梅。"

"那么谁是保姆呢?"安东尼的妈妈问。

片刻的沉默之后,两个小姑娘说:"回夫人的话,我们是双胞胎。"

"双胞胎。"安东尼的妈妈跟着说了一句。

"回夫人的话,是的。"两个小姑娘又行了屈膝礼。

于是,安东尼的妈妈把她俩都留了下来,安东尼就有了一对双胞胎保姆。他爸爸听说后,说道:"幸亏兰布尔太太的姐姐没有一下子生出个三胞胎。"

过了不久,这个家里的每个人都把梅梅和艾拉唤成"咩咩"和"啦啦"了。

安东尼怎么给梅梅起名的,你们已经知道了,艾拉得名的经过也大同小异。她经常抱着安东尼走来走去,给他哼唱一些无字的歌。

"啦——啦——啦——啦——啦啦啦!"艾拉每天都这么唱。而每一天,安东尼的妈妈肯定都会从某个地方喊道:"艾拉!"

有一天,安东尼的妈妈走进婴儿室,嘴里喊着:"艾拉!"安东尼用艾拉唱歌的那种调调儿应道:"啦——啦!"于是,

从那天起,艾拉就变成了啦啦,就像梅梅变成了咩咩一样。

没过多久,双胞胎保姆的工作各自有了分工。照顾宝宝安东尼的事自然而然地落到咩咩身上,家务活儿就归了啦啦。到了差不多一年的时候,咩咩负责婴儿室,啦啦承担了其他家务。

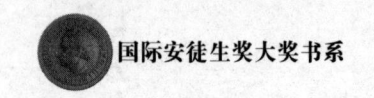

第三章　银闪闪的新玩意儿

咩咩其实一点都不老,她第一次给安东尼洗澡时才十四岁,但她和啦啦是家里十个孩子中最大的,所以她九岁就对给婴儿洗澡特别熟练了。安东尼渐渐长大,到了六岁的时候,我敢说在他眼里,咩咩远远不止二十岁,而且个头也比一米五五要高许多。其实咩咩一直就那么高,不过年龄倒是一直在增加。但说到底,安东尼也许根本没想过咩咩是高是矮,是年轻还是年老。她就是他的咩咩,经常和他一起玩耍,有时还会骂他几句,总是陪伴在他身旁,以后也会永远这样。安东尼迈着小腿,跟着咩咩在老房子里跑来跑去,后来又追着她在古旧的花园里跑,最后,他跟着咩咩跑出花园,穿过那些小路,到村子里去玩了。在有些日子里,咩咩要去更远的地方,就会使劲地亲一亲安东尼,说道:"再见啦,我的小羊羔,咩咩要去赶集。你可不许哭哟,我会带回一个银闪闪的新玩意儿,送给你当礼物。"

说完,咩咩就挎着那个圆圆的棕色篮子离开了,她有着圆圆的、整洁利落的身体和一张圆圆的、粉嘟嘟的脸蛋儿。安东尼留在花园里玩耍,"银闪闪的新玩意儿"那句话还在他耳边回响。可是,就像敲钟停止后不久钟声就会消失一样,安东尼也很快就把"银闪闪的新玩意儿"忘到了脑后。他在自己那块小园地里又挖又刨地忙着,把从花园别的地方摘来的一些花花草草栽在了这里。或者,他会在果园里忙碌,把小猎狗达夫尔拴在一辆小推车上,再往车里装满在草地上捡到的落果儿,让厨娘把它们做成苹果馅饼和水果布丁。因此,当咩咩赶集回来时,他从没问她要过那个银闪闪的新玩意儿,咩咩把一颗太妃糖塞进他嘴里,再用一个大大的吻把糖堵住,因为他是个乖宝宝,没有哭闹。这时安东尼就感到很满足了。

　　后来有一天,安东尼比上个星期又大了一点,咩咩说:"快过来,我的小羊羔。咩咩要去赶集,你也一起去吧。"

　　"我能得到一个银闪闪的新玩意儿吗,咩咩?"安东尼问。

　　"没问题!"咩咩痛快地答应了一声,然后就不再想这事儿了。可是安东尼这次没有忘记,因为他用不着考虑自己的小园地、猎狗达夫尔和那些苹果了,他什么也不用想,只惦记银闪闪的新玩意儿,他正是为这个才赶集的。

这条路可真长啊,不过他们终于到了赶集的地方。安东尼跟着咩咩在那些货摊间进进出出,有的摊子上是鞋带、木勺这类有用的东西,有的摊子上是太妃糖、冰糖等让人愉快的东西,有的摊子上是鸡蛋和蔬菜,有的摊子上是陶瓷的茶杯、托盘,还有的摊子上是丝带、围裙以及各种各样的东西。咩咩买了黄油、印花布,放进自己的篮子里,安东尼则一直在寻找卖那种银闪闪的新玩意儿的摊子。可是他怎么也找不到。

最后,咩咩说:"好了,小羊羔,我的事情办完了。现在再买一分钱的太妃糖,我们就回家了。"

可是安东尼说:"我不要太妃糖,我要一个银闪闪的新玩意儿。"

咩咩开怀大笑起来,她碰到什么事都喜欢开怀大笑,卖太妃糖的那个人名叫皮尔斯先生,他也在摊子后面哈哈大笑。咩咩放下一分钱,皮尔斯先生数出一些太妃糖。

"给!"咩咩说,把一颗太妃糖塞到安东尼手里,"这就是你的银闪闪的新玩意儿,没错。"

安东尼盯着那个再熟悉不过的黏糊糊的褐色糖块,然后又盯着咩咩,他把脸埋在咩咩的裙子里,伤心地哭了起来。

"哦,宝贝儿!哦,宝贝儿!"咩咩大吃一惊,喊道,"你不

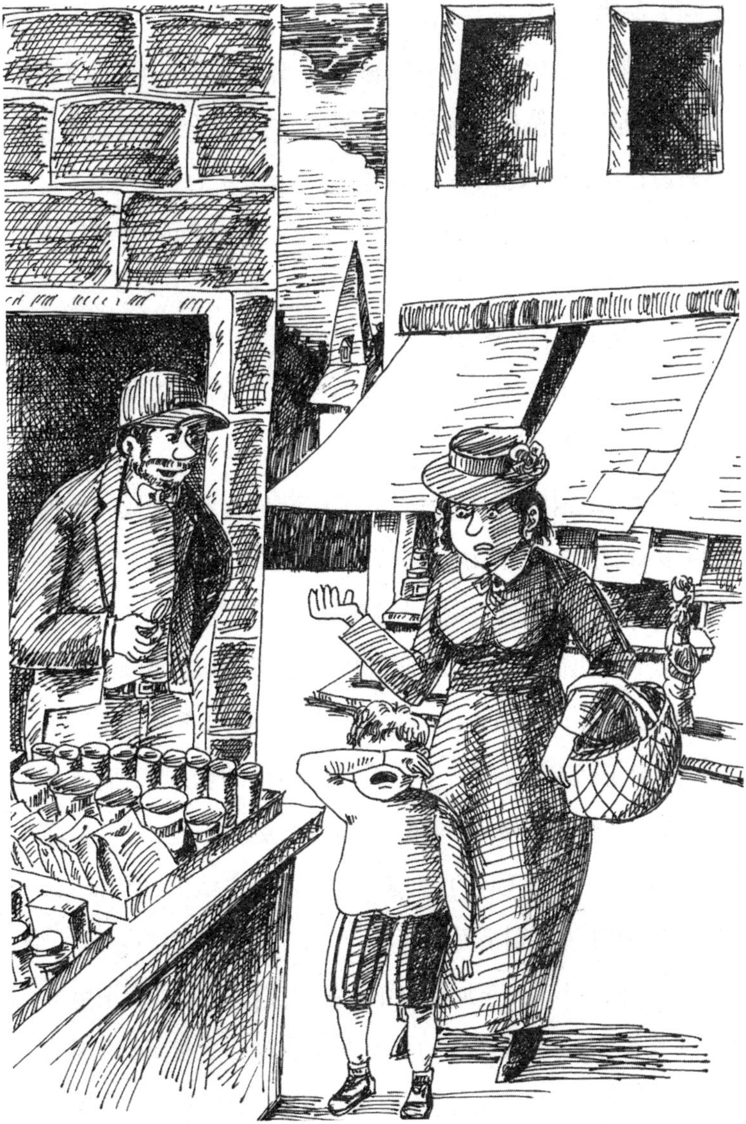

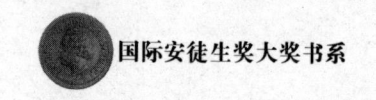

想吃太妃糖了吗？"

"我要一个银闪闪的新玩意儿。"安东尼哭哭啼啼地说。

"真是个小傻瓜。"咩咩责怪道，"好啦,听我说,如果你还哭,我就再也不带你来赶集了。"

安东尼只是抽抽搭搭地说："我要一个银闪闪的新玩意儿。"

"哎呀,哪有这种东西呀！"咩咩说,"快吃你的太妃糖,别再哭了。谁知道什么银闪闪的新玩意儿！你听说过这么傻的小男孩吗,皮尔斯先生？"

皮尔斯先生有一张羞怯的、笑眯眯的大脸,他从摊子后面探过身,拍了拍安东尼的后背。"宝贝儿,别哭啦！我来送给你一个漂漂亮亮的银闪闪的新玩意儿。"

安东尼止住了哭泣,从咩咩的裙子里把脸探出来,抬眼看着皮尔斯先生,小脸蛋上还挂着泪痕。皮尔斯先生在摊子底下摸索了一会儿,掏出一个可爱的银色的玩意儿,而且很新。看上去像一个瓶子的瓶口和瓶颈,然而不是,因为里面什么也没有。顶上印着几个字母,安东尼不认识,但有一颗星星,这他是认得很清楚的。

"哦,谢谢！"安东尼说,顿时满心欢喜。皮尔斯先生笑了,咩咩笑了,安东尼也笑了,却不知道为什么笑。银闪闪的新玩意儿里面是空的, 他就把自己那颗褐色的太妃糖放了

进去,然后跟着咩咩,小跑着回家去。一路上,他用黏糊糊的小手把那新玩意儿捏得皱巴巴的。到了家里,安东尼把它抻平,把太妃糖放进嘴里,跑进屋去找达夫尔了,随手就把银闪闪的新玩意儿扔在了花园里的什么地方。

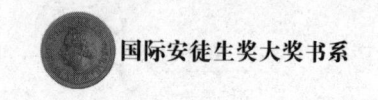

第四章　会扇风的树

夏季,天气炎热,一丝儿风也没有,安东尼的妈妈坐在果园里,缝纽扣,补衣服上的小窟窿。偶尔,她会放下手中的针线活儿,打开她那把漂亮的纸扇,轻轻地扇一会儿。这个时候,安东尼可能正在追一头猪,或因为喜爱而把一只大母鸡搂得喘不过气来,他一看到母亲这么做,就立刻丢下手里的事,呆呆地盯着妈妈。妈妈真是太神奇了,手和胳膊那么动一动,就能扇出风来。有时,安东尼感到特别热,小小的汗珠顺着潮乎乎的面庞淌下来,他便跑到妈妈身边,说道:"给我扇扇风吧,妈妈!"于是妈妈给他扇风,用那块精致的手帕擦擦他额头和面颊上的汗,然后把他抱到自己的腿上,给他看纸扇上的图画。扇子的一面画着一枝精美的梅花,从这头一直伸展到那头。梅花静静地铺展在折扇上,就像安东尼头顶上那些果树的树枝,静静地铺展在无风的空气中一样。不一会儿,树枝微微有些摇晃,而随着它们的摇晃,就会撩动起一缕轻柔的微风。安东尼凝视着树枝扇动空气,对妈妈说:"树在扇风呢。"妈妈大笑起来,亲了亲他,还摸了摸他的脑袋。

在这之后,每当树木慢慢地或快快地摇动树枝,安东尼就知道它们是在扇出或轻柔或猛烈的风,只有树枝摇动时风才会出现。在特别闷热无风的天气里,独自玩耍的安东尼有时候就会跑到离他最近的那棵树边,说道:"给我扇风!"可是树什么反应也没有,他只好转身离去,心里想着:"妈妈会给我扇风。"

安东尼虽然不能让树明白他的意思,但经常在大热天躺在溪流旁的一个沙洲上,躺在金色、绿色相间的光与热的迷雾中,半闭着眼睛,像睡着了似的一动不动。其实他知道自己并没睡着。不一会儿,透过睫毛外那些流动的场景,安东尼看见在大片大片的草地上和小树丛里,到处都是优雅的"女士"——白面子树、山杨树、银桦树……在挥舞扇子。这些"女士"走在山坡上,朝下面的山谷移动,一边走一边把脑袋凑在一起,窃窃私语。光与影的迷雾开始轻轻摇曳,一丝叹息从他的头顶掠过,他知道只有树才能扇出风来。

然而,有时候在狂风呼啸的秋夜,它们扇出的风太大了,安东尼被剧烈的扇风声吵得睡不着觉。到了早上,山谷里便散落着它们被折断的"扇子"。

第五章　变来变去的花花筒

有一天,安东尼过生日,吃早饭的时候,他在盘子边发现了一个玩具。像擀面杖一样圆圆的,但更粗一些,而且没那么长,晃一晃会发出咔啦咔啦的轻响。它的一头有个窥视孔。爸爸告诉安东尼,这是一个万花筒。

"万花筒是什么意思,爸爸?"

爸爸说这个词有三个意思:万,意思是变来变去;花,意思是绚丽多彩;筒,指的是它的形状。三个字合在一起,就是万花筒。

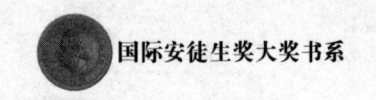

"我明白了!"安东尼说,"变来变去的花花筒!变来变去的花花筒!"他把眼睛对准窥视孔,看见一个鲜艳夺目的图案,就像阳光映照下教堂里的彩绘玻璃一样。玩具在他手里转动,图案的形状咔啦咔啦地发生了改变——同样的碎片、同样的颜色,但看上去不一样了。安东尼觉得,就这样盯着这个多彩的世界,不断地变换图案,他永远也不会感到厌

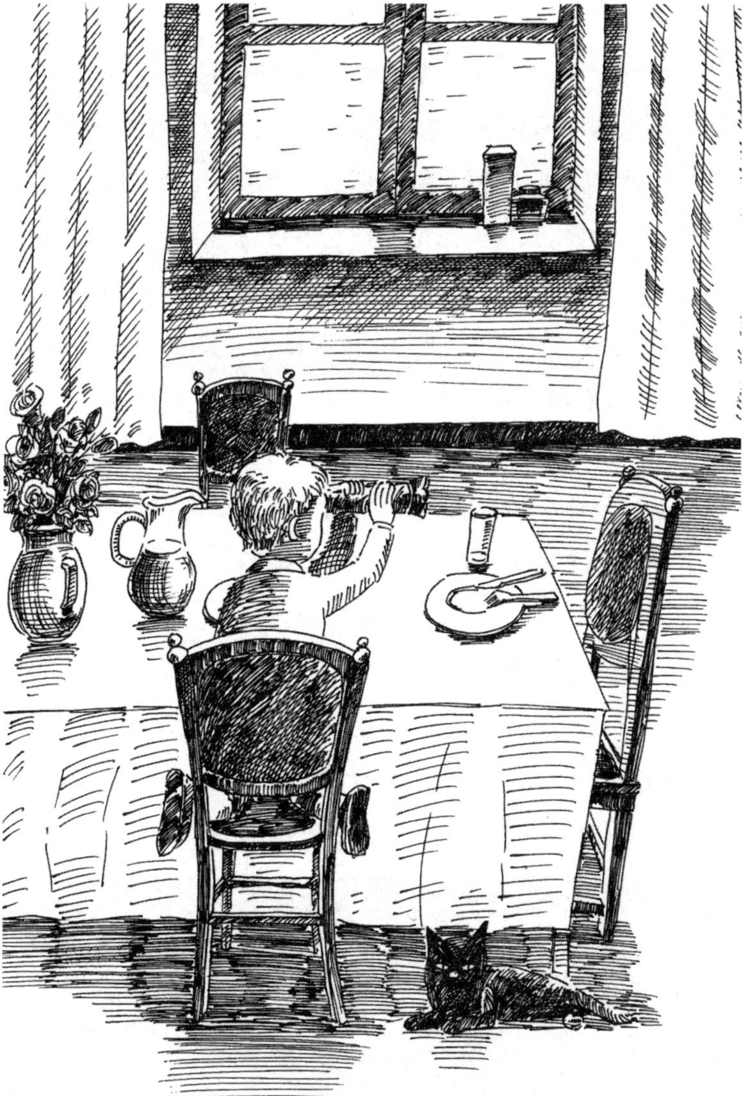

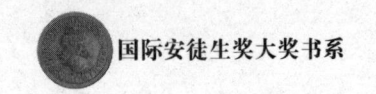

倦。睡觉时,他把万花筒带上了床。

他睡着了,做了一个梦。梦见自己刚出生不久,一个像图画书里的巫师那样的老人出现了,老人把安东尼的第一个生日礼物放进了他的摇篮。那是一个小小的万花筒,他能透过它看世界。只要安东尼不把它打破,就能看到一幅绚烂多姿的世界的画面,那是别人都看不见的;可是一旦把它打破,画面就永远消失了。巫师走的时候说:"晃一晃,别打破,别打破,只要轻轻晃一晃。"

安东尼醒来时,这句话还在耳畔回响。他在被窝里一边摸索着寻找那个神奇的玩具,一边大声念出这句话。

咩咩跑了过来,问:"发生了什么事?"

"晃一晃,别打破!"安东尼喊道。

"我的乖乖,难道你做梦写诗了吗?"咩咩笑着说。

安东尼皱起眉头,拼命回想,可是那个梦已经回到了它原来的地方。除了那句小诗,他什么也想不起来了。一整天,他都把万花筒贴在眼睛上,在房子和花园里得意地走来走去,嘴里唱道:"晃一晃,别打破!变来变去的花花筒!"

第六章　太　阳　山

　　有时，安东尼会和爸爸妈妈一起去野餐。他们总是坐着那辆小马车，驶出那片山谷，走过通向巴斯城的那条大路，然后把马车留在某个农家的牲口棚里，悠然地漫步到寒凉谷，那里的鲜花开得姹紫嫣红。寒凉谷就像一个盛满阳光的杯盏，一边是一道道绿色的梯田，一直延伸到谷底；另一边从上到下都是密密的树林。他们回家时，总是带着从寒凉谷采摘的鲜花。有的时候，他们会去迷人岗上的豆瓣菜地，就着新摘下的水芹吃着面包和黄油，回家时还要带上满满一篮子水芹。还有的时候，他们会爬上索尔斯伯里的山顶，安东尼知道那是地球的最顶端。因为在别处都不需要爬那么长的山路。还没爬到顶上，气就喘不过来了，你会感到又热又累，以为自己永远爬不上去了；如果真能爬上去，肯定就想躺下再也不起来。然而，一旦爬到山顶，你就把这一切都抛到了脑后。因为山风徐徐吹来，那么清爽宜人，阳光明丽地照着，索尔斯伯里的山顶就像一块煎饼一样，圆圆的，简直可以说是平展展的——似乎它曾经是一座巨大的锥形山丘，某个巨人走过时，漫不经心地用刀子把锥形的顶尖削去了。山顶虽然是那么平展展的，但从这头却望不到那头。除非你站在中间那个小圆丘上，因为山顶有点儿高低不平，就好像锅里的煎饼上起了一些小鼓包。如果走到山顶边缘，能把整个世界尽收眼底；若是想绕着边缘跑一圈，那恐怕得花上好几个小时。有一天，爸爸妈妈坐在那里，身边是野餐用的东西，安东尼离开了他们，想绕着山顶跑一圈。起初，他还能看见爸爸妈妈时，就觉得自己能够办到，可是不一会儿，爸爸妈妈看不见了，他就开始琢磨接下来会发生什么。如果一直往前跑啊跑，他真的还能再看见他们吗？妈妈说最后他肯定会跑回他们身边，因为索尔斯伯里就像安东尼玩的铁环儿平放在地上一样。可是，万一不是这么回事，万一他要永远这样走下去呢？万一他跑回去时，他们不在那儿了呢？妈妈不在视线里了，谁又能说得准呢？突然，安东尼掉转身，拼命地往回跑，小心脏怦怦地撞击着他的胸骨。很快，他又看见了妈妈，她还坐在原来的地方，一点也没有变。他松了口气，又转过身，再往前跑，一直跑到又看不见妈妈了。然后再一次停下脚步，琢磨着是继续往前跑，还是掉头返回去。他犹豫了那么长时间，从另一边绕过来接他的爸爸，发现他

站在这里发呆。

"喂!"爸爸说,"亲爱的孩子,你并没有走多远嘛,是不是?你以为自己会遇到什么?一个古罗马人,还是一位老石匠?"

爸爸牵起安东尼的手,两人一起绕着索尔斯伯里的山顶漫步,走了很长时间。爸爸一边走,一边告诉安东尼,这个山名的意思是"太阳山"。很久很久以前,阿尔弗瑞德大帝①可能在这里走过,因为萨默塞特是阿尔弗瑞德的领地。更久更久以前,古罗马人把索尔斯伯里变成他们的营地,而在那之前,生活在这里的是英国古代石匠,安东尼如果运气好的话,说不定还能找到他们留下的一个燧石箭头呢。

"或者古罗马人的宝剑,或者阿尔弗瑞德大帝的王冠。"安东尼说。

"那不太可能。"爸爸说。

他们费心地寻找,可是那天没有找到箭头,也没有碰到古罗马人、古代石匠和阿尔弗瑞德大帝。后来,在山顶那头的边缘,安东尼真的看见有一匹小马站在那儿,红红的肤色,淡黄色的鬃毛。小马静静地站着,太阳在它的身后。它弯弯的脖子上,短短的鬃毛根根竖立,就像一把金色的梳子。

---

①阿尔弗瑞德大帝(Alfred the Great,848—899年),英国韦塞克斯(Wessex)的国王(公元871—899年)。

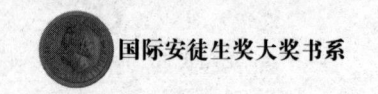

小马甩了甩淡黄色的尾巴，宛如一轮金色的喷泉在空中上下飞舞。突然，小马发出嘶鸣，奋蹄奔跑，整个身体化为一道金红色的亮光。小马越过远处的山沿，消失了，安东尼紧紧抓住爸爸的手。

"那是太阳的小马吗？"安东尼问。

"看样子很像，是不是？但我没看见它的翅膀。"

"太阳的小马有翅膀吗？"安东尼问。

"应该有的！"

"把它叫回来看看吧，爸爸。"安东尼央求道。

爸爸打了个唿哨，喊道："喂！飞马！"可是金色的小马没有回来，他们再也没有看见它。但安东尼此刻却相信，刚才小马奋蹄飞奔时，他看见它张开了金色的翅膀。现在小马已经不在山顶，肯定是飞走了。爸爸告诉安东尼，如果他运气好，能追上太阳的小马，让它驮着自己飞上天，就能看到奇妙的美景，说不定还能写一首让人永远难忘的诗呢。

回家的路上，安东尼久久地思索着飞马的事，同时索尔斯伯里也给了他一些别的想法，这时，他问爸爸："古代石匠是什么样子的？"

"他的头发长长的、乱蓬蓬的，眼睛和狗的眼睛一样，手臂上汗毛很浓，冬天可能穿着兽皮的衣服，夏天把自己涂成蓝色。"爸爸说，接着又加了一句，"'那个人皮肤涂染成蓝

色,冬天穿着兽皮。'"安东尼从爸爸的声音中听出这是一首诗。

"古罗马人是什么样子,爸爸?"

"噢,他戴着头盔,披着铠甲,手里拿着短剑,皮肤和眼睛都黑黝黝的,弯弯的鼻子很俊秀。"

"阿尔弗瑞德大帝是什么样子?"安东尼问。

爸爸没有立刻回答,他们走着走着,路边出现了一堆石头,碎石匠约翰·博登坐在一旁。约翰是个中等身材的男人,肩膀很宽,精瘦而结实;一头茂密的、乱糟糟的浅色头发,隐约带点红色;蓝眼睛,高颧骨,饱经风霜的红皮肤。他坐在那里干活时,总是一副善良、精明而耐心的样子,是个正宗的萨默塞特男子汉。

"今天干活可真热啊,约翰。"安东尼的爸爸说。

约翰·博登放下鹤嘴锄,回答道:"是啊,先生。"他碰了碰额前的头发,朝安东尼的妈妈致意,手腕上戴着一条皮腕带,然后,他又对安东尼露出亲切的微笑。他们离开时,听见他又开始叮叮当当地敲石头了。

"阿尔弗瑞德大帝的样子很像约翰·博登。"安东尼的爸爸说。

从那以后,安东尼只要看到约翰在砸石头,就会走过去,在他身边站一会儿,约翰也很喜欢这样。两人有时聊上

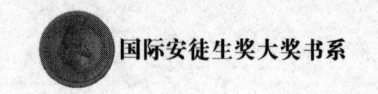

几句,有时什么也不说。约翰没读过多少书,但对于鸟类和天气简直无所不知,安东尼渐渐认为他是自己认识的最有智慧的人。

一家三口再一次爬上索尔斯伯里时,安东尼对爸爸说:"我要一个人绕着这山走一圈。"

"太好了。"爸爸说。

"别来接我,好吗?"安东尼说。

"好的。"爸爸说。

安东尼就开始了环绕世界之顶的旅行。这次,爸爸妈妈从视线里消失后,他也没有迟疑。他继续往前走,循着前人或野兽在世界之顶踏出的一条小路,四下里阳光普照,一片寂静。在下面遥远的地方,无数的河流、树林、道路和房屋向远处延伸,消失在薄雾中。而在这高高的山顶上,只有草地和天空,安东尼的眼睛不管看向什么东西,其边缘都是蓝天和绿野相接。他走啊走,时而看看脚下,寻找一枚箭头,时而望望天空,看一只小鸟飞过。

一只大鸟从太阳里飞了出来。他从没见过这么大的鸟。是欧洲雀鹰吗?安东尼想。大鸟张开金色的翅膀,俯冲下来,每一根羽毛的尖尖都像着了火一样。肯定是一只金雕吧!安东尼想。大鸟不断地向下俯冲、俯冲,在安东尼的头顶盘旋。安东尼闭上眼睛,猜想大鸟是否会用金色的翅膀把自己勒

死,或用金色的爪子把自己抓住,带到天上去,送给太阳当仆人。

安东尼睁开眼睛时,看见站在自己面前的不是大鸟,而是那匹鬃毛和尾巴闪闪发亮的金红色小马。这次小马离得很近,能清楚地看到它收拢在身体两侧的漂亮的金色翅膀。它的蹄子和眼睛都像晶莹剔透的琥珀一样。小马一甩鬃毛,发出嘶鸣——声音如同马嘶转换成了鸟叫,更准确地说,是转换成了清晨所有鸟儿的欢唱。那嘶鸣声仿佛在用明明白白的话语告诉安东尼:"骑到我背上来吧!"

安东尼纵身一跃,就坐在了马背上。金色的小马驹儿跑了几步,便像鸟儿一般飞到了空中。当那一对金光耀眼的翅膀打开,载着他和骏马沿正午太阳的轨迹飞去时,安东尼从未有过这么欣喜若狂的感觉。他在鸟儿们那儿观察到的可爱的飞行技巧,小马驹都很擅长,时而像燕八哥一样抖擞双翅,又像小山雀一样扎个猛子;时而像老鹰一样在半空盘旋,又像燕子一样轻盈飞掠;时而像夜莺一样全身轻颤,又像海鸥一样舒展地滑翔。当它在空中顺着一道弧线侧飞时,突然把身子翻转了过来,安东尼从脚下看见太阳,整个世界都悬挂在他头顶。接着,仍然头朝下的小马驹开始慢慢地绕着索尔斯伯里山顶飞翔,安东尼抬头凝望山顶,看见一匹狼从这头跑到那头,消失了。然后出现了一个毛发蓬密的大汉,身上披着兽皮,几乎是四肢着地在奔跑,还把一枚巨大的燧石箭头掷向空中,被安东尼一把接住。然后,大汉似乎再也无法忍受身上的兽皮,甩手把它抛向了世界的尽头,靠着自己修长健壮的四肢,奔向蔚蓝的天空。最后安东尼以为大汉肯定要落到自己身上了,然而没有,大汉又跳回到地面,像浸了水的狗一样抖抖身子,安东尼看见他全身都染成了蓝色,蓝得就像夏日的天空。蓝色的大汉上下打量着自己,高兴得欢跳起来,消失不见了。

金色的小马驹继续飞翔,太阳从头顶掠过,世界又落回到脚下。可是安东尼还没来得及调整自己的感觉,小马驹就又颠倒着身子在索尔斯伯里山顶飞翔,山顶又一次不再是地面,而成了天花板。这次,安东尼看见一个古罗马人在天花板上大踏步地走来走去,长着老鹰般的眼睛和刚毅挺直的鼻子,身体在太阳下闪闪发亮。不一会儿,他也走到世界的尽头,消失了,但在消失前停了一下,把手里的短剑扔向空中,安东尼伸手接住了。

金色的小马驹向上一转,地面往下沉陷,太阳又升起来了。接着,小马驹第三次在空中把身体颠倒,地面和太阳变换了位置,安东尼发现索尔斯伯里出现在他的头顶上方。然后,他看见在世界之顶坐着阿尔弗瑞德大帝,旁边是大山般的一堆石头,肯定要花好几个世纪才能把它们砸碎。虽然一辈子都没希望把石头全部砸碎,大帝还是举起他的鹤嘴锄,敲敲打打,砸出适合人类使用的碎石片。大帝干活慢悠悠的,非常耐心,安东尼看见太阳亮闪闪地照着他眉毛上的金色饰环、胳膊上的金色腕带和胸口的那些珠宝。然而他的衣服粗糙普通,那张脸活脱脱就是约翰·博登的脸。因此,当他暂时停下手里的活儿,低头看着安东尼的眼睛时,安东尼真希望会看到约翰脸上常有的那种精明而善良的笑容呢。阿尔弗瑞德像老朋友一样笑眯眯地看着安东尼,然后解下手腕上的金色腕带,扔给下面的安东尼。安东尼接过腕带,恰在这时,金色的小马驹又一次调转方向,太阳和大地回到了各自的位置上。小马驹在空中奋力地抖了抖身子,安东尼被小马驹的鬃毛和翅膀上流淌的强光弄花了眼,感觉到自己被抖落马背,掉到了草地上。

"怎么样?"爸爸说,"运气如何?"

安东尼小心地展示自己的宝贝。"这是一个箭头,爸爸。"爸爸认真地端详着那一小片石头。"这是一把古罗马宝剑,当然啦,只是宝剑的一点碎片。"爸爸看着那块埋在土里生锈的破刀刃。"这是阿尔弗瑞德大帝干活的时候戴的。"安东尼说。爸爸接过那一小块斑斑点点的皮革,它可能曾经是一根缰绳的一部分。

"亲爱的孩子,你运气果然不错呢,是不是?"爸爸说。

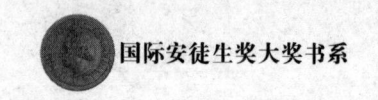

第七章　雅各的梯子

安东尼渐渐长大，对周围的山丘和河谷都熟悉得不能再熟悉了，有一座山很陡，小孩子很难爬上去。可是在山的某个地方，凿出了两行小小的踏脚孔，孔的周围长着青草，中间是泛着灰白色的干燥的泥土。两行踏脚孔并排朝山坡上延伸，一直通到山顶。

"咩咩，我想上去。"有一天，安东尼对他的小保姆说。他和咩咩坐在山谷里，他采鲜花，咩咩补袜子。

"那你必须顺着雅各的梯子爬上去。"咩咩说，冲着那两溜儿长长的小踏脚孔点了点头。

"那就是雅各的梯子？"安东尼问。

"是的。"咩咩又点点头。

"雅各是谁？"

"噢，雅各已经走了。"

"他去了哪儿？顺着梯子爬上去了？"

"我想是的。"

"那顶上是什么呢,咩咩?"

"就是天空。"咩咩说着,抬头看了一眼大山之上的蓝天。

"雅各不回来了吗?"

"人是不能从天上回来的。"咩咩实事求是地小声说道。

安东尼仰望天空。他真想上去。可是上去以后,他可能又想下来,而他讨厌"不能"这个词。他凭什么"不能"做这,"不能"做那?他凭什么不能做自己喜欢的事?他拔腿朝那些踏脚孔走去,然后就开始爬山。山坡几乎是垂直地贴着他小小的身体,他只能用脚趾紧紧抠住那些踏脚孔,并把脏兮兮的拳头塞进头顶上方的孔眼里,稳住自己的身体。他费力地爬上大约十个踏脚孔后,看见山坡像一堵望不到头的高墙,在他面前巍然耸立。他突然觉得这件事对他来说太难了。虽然才爬了这么一点,他就已经不知道该怎么下去。如果只能永远贴在这里,脸朝山坡,该是多么可怕呀!他用一只脚使劲往下伸,却怎么也探不到一个踏脚孔。于是,他把腿跷在身后晃动,像发信号一样,嘴里喊道:"咩咩!快来呀!"

咩咩麻利地跑过来救他。咩咩在安东尼身后爬上来,抓住他的两条腿,把他拉到自己头顶上。两人一起咕噜噜地滚到山坡脚下。

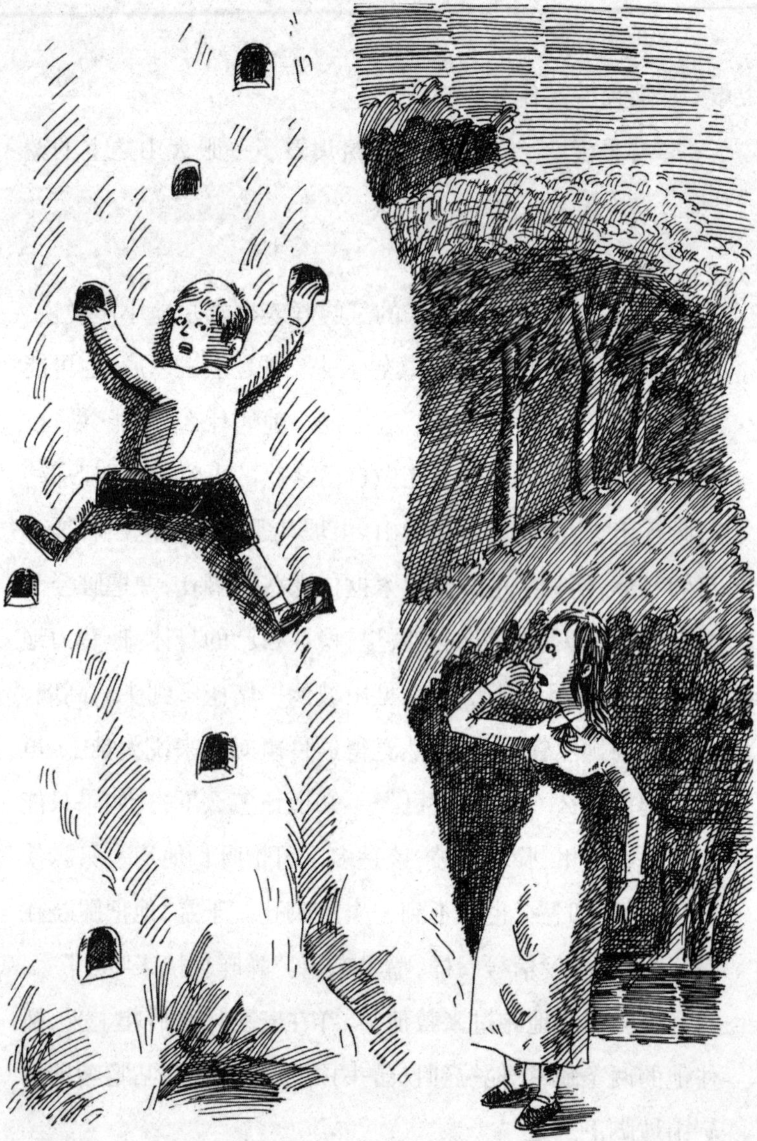

"这下好了!"咩咩笑着说,"你得等长大以后,才能爬到天上去呢。"

"雅各造梯子的时候是多大呀?"

"他没有造梯子,只是梦见了梯子。"咩咩说,"快回家吃茶点吧。"

在回家的路上,安东尼一直在想心事。他看见啦啦在餐具室的窗口擦洗水壶。

"你们散步开心吗?"啦啦大声问。

"开心,谢谢你,啦啦。雅各是谁?"

"雅各是个普通人,住在帐篷里。"啦啦老老实实地回答。

安东尼走到了花园里,妈妈正在那儿浇花。

"你和咩咩今天看见了什么?"妈妈问。

"看见了雅各的梯子。"安东尼说。

"多有意思啊,"妈妈说,"我也看见了雅各的梯子。"

妈妈指着花圃里的一种植物,那上面开满了漂亮的蓝色花朵。"这就是雅各的梯子。"妈妈说。

安东尼盯着蓝花看了一会儿,似乎只要盯的时间够长,就有可能看见雅各在上面攀爬。真是奇怪,他想一株蓝花和一座青山这么风马牛不相及的两样东西,怎么可能都是雅各的梯子呢?

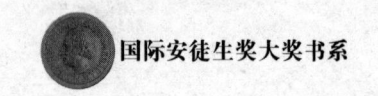

"安东尼盯着看什么呢？"爸爸在他身后问道。

"看雅各的梯子。"安东尼说。

"哪一天我带你去巴斯，让你看看真正的雅各的梯子。"爸爸说。

"这个不是真的吗？"安东尼问。

"当然是真的。"妈妈说。

几天后，安东尼的爸爸开车去巴斯，把安东尼也带去了。到了那儿，爸爸为了在他办那些乏味的正事时让安东尼有点事做，给安东尼买了一个巴斯圆面包。办完正事，他们去参观古老的修道院，那里有非常漂亮的石头拱门，爸爸说这叫飞扶壁。在宏伟的西门两侧，有直接刻在修道院门脸上的两行阶梯，就像两道石头梯子，通向修道院顶部的美丽的高塔。右边的阶梯上有七个小天使在往上爬，左边的阶梯上有七个小天使在往下爬。修道院的石头门脸比野草丛生的山坡更加陡峭，安东尼看见左边的七个天使是颠倒着爬下阶梯的。

"看见了吗？"爸爸说，"那就是雅各的梯子。"

"雅各在哪儿？"安东尼问。

"噢，他在某个地方梦见了这一切。你知道这都是他的梦。"

安东尼又看了看修道院阶梯上的那些天使。"难道这也

是我的梦？"他暗自纳闷。

爸爸说："回家以后，我给你念念这个故事。"那天晚上，爸爸过来坐在安东尼的床边，念了雅各离开别士巴，前往哈兰的故事。

"到了一个地方，因为太阳落了，就在那里住宿，便拾起那地方的一块石头枕在头下，在那里躺着睡了。

"梦见一个梯子立在地上，梯子的头顶着天，有神的使者在梯子上走上走下。

"耶和华站在梯子上说，我是耶和华——你祖亚伯拉罕的神，也是以撒的神。我要将你现在所躺卧之地赐给你和你的后裔。"

爸爸亲了亲安东尼，祝他晚安，便离开了。

可是安东尼一心想着雅各，迟迟不能进入梦乡。他想了又想，怎么也不能理解。究竟哪个是雅各的梯子呢？是山坡、鲜花，还是巴斯修道院的那些石阶？安东尼是用眼睛真真切切看到了这些东西，但如果像咩咩、爸爸和圣经里说的，这都只是雅各梦见的，那么安东尼怎么能看见呢？除非他也在做梦。那么雅各在哪儿呢？

"我在山谷里，安东尼，快来爬我的梯子吧。"窗外一个声音召唤道。

安东尼从床上起来，跑出去张望。花园里空荡荡的，只

35

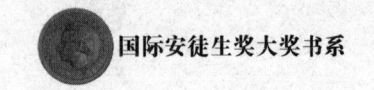

有鲜花和月光。可是那个声音又在召唤他了:"在山谷里,在山谷里!"于是安东尼不再迟疑。他跑出房门,穿过花园,穿过小路,一眨眼就来到了雅各的山谷,比他白天上下楼梯的速度快多了。

月光下的山谷是一种他白天从未见过的景象。到处洒满了妈妈花园里的那种蓝色的花。山谷中央支着一顶帐篷,帐篷外躺着一个穿条纹长袍的普通人,头枕在一堆石头上。他似乎睡得正香。

"你在做梦吗,雅各?"安东尼说着,在他身边跪了下来。

"是的。"雅各回答。

"你梦见了什么?"

"梦见了我的梯子。"

"你的梯子是用什么做的?"安东尼问。

"是用光做的,一直通到天上。"

"那么它不是山坡吗?"

"也是山坡。"

"那么它不是用鲜花做的?"

"它是用鲜花做的。"

"那么它不是用石头做的?"

"它是用石头做的。你希望它是用什么做的,它就是用什么做的。只要你顺着它往上爬,就准能通到天上。"

"我是想爬来着，"安东尼说，"可是太难爬了。"

"你必须先梦见它。"雅各在睡梦中说。

安东尼头枕草坡，在雅各身边躺下，可是雅各又说话了："这太软了，你必须头枕着石头做梦。"于是安东尼找来几块石头，拼成一个枕头，又闭上了眼睛。眼睛刚闭上，他就看见了那陡峭的山坡，虽然看上去绿草丛生，却在他眼前变成了巴斯修道院的形状。两座光芒闪烁的绿色尖塔插入天空，上面群星璀璨，尖塔两边是很长、很长的梯子，每一个台阶都是一朵蓝色的花。小天使们像鸟儿一样飞上飞下，往上时，头冲着天空；往下时，头冲着地面。一眨眼间，安东尼就来到了他们中间，毫不费力、顺顺当当地爬楼梯，一朵花、一朵花地往上爬，他的前面和后面都是天使。

最后，他站在了右边尖塔的群星当中。他不是孤零零的一个人，身边聚集着许多人和天使，都在既不是白天也不是夜晚的光里移动。他在尖塔的边缘，朝刚刚离开的下面的山谷望去，喊道："雅各、雅各，我爬到塔上来了，我在天上了！"

"你在天上了，你在天上了！"天使们唱道。

"雅各，你能看见我吗？"安东尼在尖塔上喊。

"能，看得很清楚。"一个声音在身边响起，原来是雅各站在他旁边。

"我没看见你上来。你是跟着我来的吗？"安东尼问。

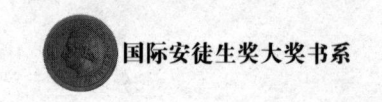

"不是,我早在你之前很久就来了。"雅各说,"安东尼,现在你来了,感觉怎么样?"

"很喜欢,"安东尼说,"可是我想回去告诉妈妈。"

"你不能回去,你不能从天上回去!"天使们戏弄他说。

"既然你不想留下来,为什么要来呢?"雅各问。

"我只想来看看。"安东尼说。他从一个尖塔跑向另一个尖塔,把脚放在梯子最顶上的那朵花上。然而这里实在太高了,他往下看了一眼,就感到头晕眼花。

"你必须留下来,你必须留下来!"天使们唱道。

"哦,雅各,"安东尼央求道,"你以前就回去过的。我在下面看见你了。"

"那是一个梦。"雅各说。

"那么这也是一个梦呀。"安东尼说,"人能从梦里走出去吗?"

"不能,"雅各说,"只能用另一个梦覆盖前一个梦。"

"怎么覆盖呢?"安东尼问。

"你必须头枕着一块石头躺下。"雅各说。

安东尼又低头看着梯子,发现每一朵花都变成了一块石头,那些天使把身体颠倒过来,头朝地面,"扑通!扑通!"一级一级地往下跳。

"如果你非走不可,那就快点。"雅各说,"天亮以后,大山就会张开它的翅膀飞走的。你头朝下站在一块石头顶上，开始做梦吧。等你下去后，把这颗种子播撒在你降落的土地上，那片土地就永远属于你了。"于是，安东尼就把脑袋放在那朵石头花上，雅各把一点泥土塞进他的手指缝里。安东尼闭上眼睛，又开始做梦了。

"砰！砰！"安东尼一个台阶一个台阶地往下掉，天使们簇拥在他的身前身后。落到地上时，他张开手指，把种子撒了下去。种子一碰到地面，就变成了蓝色的鲜花。安东尼头朝下刚坠入山谷，那座有着绿草尖塔和蓝花天梯的大山，就仿佛张开了巨大的翅膀，飞入了蔚蓝的天空。

"这就对了！"雅各大笑着说，依然在他帐篷外沉睡。可是，究竟雅各是睡着了还是醒着，是在这里还是在别处；究竟石头是花，抑或花是石头；究竟大山是修道院，抑或修道院是大山；甚至，究竟这是安东尼的第一个梦，还是第二个、第三个或第四个梦——安东尼永远也不得而知。他只知道，当雅各笑着说"这就对了"时，他的嗓音和笑声简直跟咩咩的一模一样。

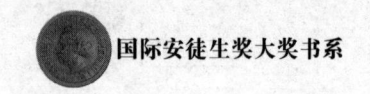

第八章　假装吃饭的人

从安东尼家出去，顺着小路往上走一点，是木匠伊莱·道斯的木匠铺。伊莱是萨默塞特最好的木匠，方圆数英里的村村寨寨的农人和乡绅，都来请他干活。他做什么都做得很地道，不管是给老教堂的屋顶换新的横梁，还是给一片田野安一道新拱门。伊莱做的门不管在哪儿都能认得出来，是那种漂亮结实的橡木门。他做的那些柱子和栅栏，看上去就好像他干活时真心爱着木头，事实也确实如此。每当磨坊和家里有了什么活儿，安东尼的爸爸都交给伊莱去做，除了自己家，伊莱的木匠铺是安东尼最早熟悉的几个地方之一。年纪稍大一点，能够自己出去溜达了，安东尼就顺着小路走到木匠铺，伊莱·道斯正挽着袖子在那儿刨木头呢。伊莱的胳膊上长满了疙瘩，双手很硬朗，短短的手指，指甲剪得方方的，但是从他刨子下面冒出来的刨花，却像缎子一样细密平整，刨过的橡木板那么光滑，简直跟磨坊池塘的水面差不多。而且,漂亮的木板表面也跟水面一样布满了各种斑纹,但却不显得凌乱——许多波浪纹、柔和的斑点在木板上流淌,如同斑驳的阳光在水面上闪烁。如果你凑近木板表面仔细观察,这些排成队的斑点和纹路似乎在你的眼皮底下移动,如同水里的纹路和斑点也在移动一样。斑纹永远都在那儿,但你拿不准它们究竟还是不是刚才的那些纹路和斑点,如果真有变化,那变化发生得实在太快了,你看不出一个斑点什么时候消失,另一个斑点什么时候出现。一样东西怎么可能既是完全静止,又是不断活动的呢?

伊莱·道斯看见安东尼在小路上徘徊,他双手忙得停不下来,就偏一偏脑袋招呼安东尼。"进来看看吧。"他说。小男孩兴冲冲地跑了进来,哗啦哗啦地蹚着地面上厚厚的刨花。就在他注视着刨子在木板上嗖嗖擦过时,看见橡木上那些闪亮的斑纹,像翅膀和小鱼,更形象地说,像翅膀和小鱼活动时在天空和水中留下的痕迹。橡木板上似乎满是鱼儿在游、鸟儿在飞。趁伊莱停顿的工夫,安东尼摸了摸那些斑纹。

"它们在动吗?"他问。

"啊,是的。"木匠说。

"树会动吗,道斯先生?"

"所有生长的东西都会动,安东尼少爷。你看这儿,这些

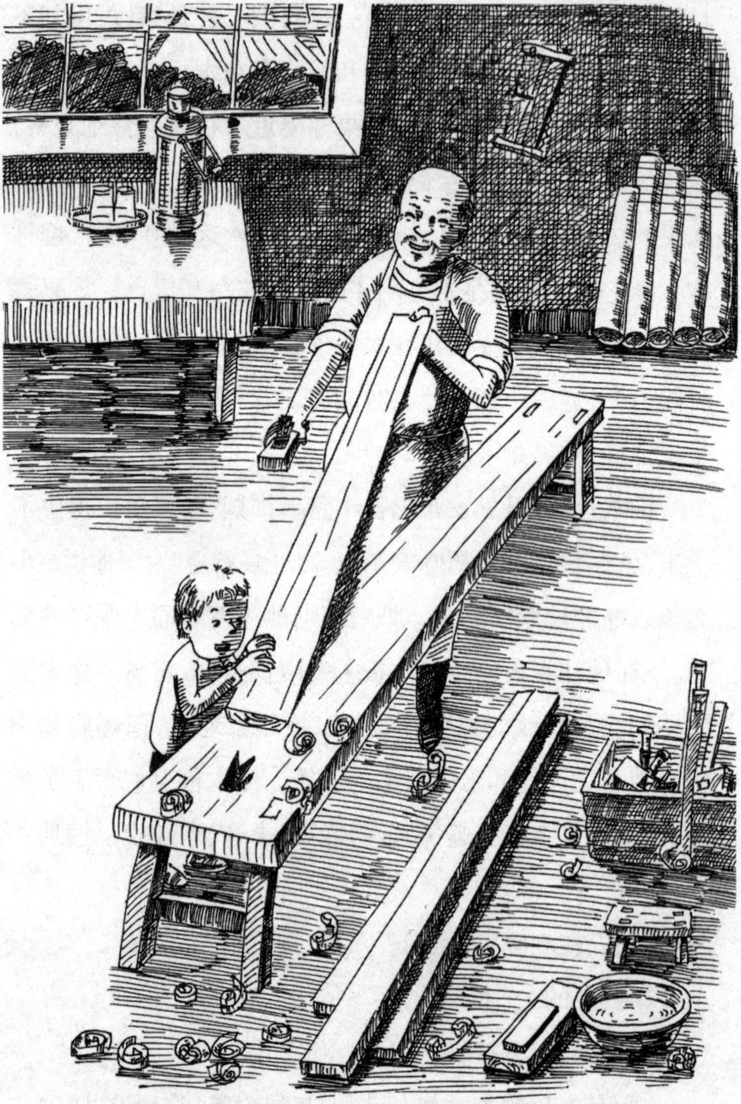

条纹显示了树的年龄。每一年树都会增加一道年轮,等它被锯成两半时,只要数数它的年轮,就能知道它有多少岁了。"

安东尼摸了摸自己的小身体。"我有六道年轮。"他说。

"当然,你是一株嫩嫩的小幼苗。"伊莱说着,又开始刨木板。

"你有多少年轮呢,道斯先生?"

"将近五十吧,也许更多。我自己也说不准。"

"如果你被锯成两半,就能知道了。"安东尼提议。

伊莱又微微笑了:"我可不会知道,安东尼少爷。等我被锯成两半,就只能由上帝来数年轮了。"

"那时你就死了吗?"安东尼问。

"我们都会死的,亲爱的,不管是树还是什么。"

"这棵树死了吗?"安东尼把手放在木板上。

"它再也长不出叶子了。我还记得这棵橡树当年就站在那边的老场院里。我多次看见它长出新叶,多次捡拾它的橡果去喂猪。后来,有一年夏天,算起来有十五六年了,在一场暴风雨中,一道闪电击中了它,后来就只剩下孤零零的老场院了。"

"它看上去没有死,"安东尼用小小的手指拂过那些波浪形的条纹,"还在动呢。"

"看上去是那样,对吗?但它再也长不出叶子了。"

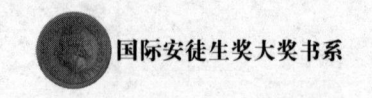

"那它会怎么样呢?"

"它在腐烂前会支撑起一座教堂的屋顶。"

"道斯先生,当你被锯成两半时,你看起来也会这样不停地动吗?"

"那就由上帝来决定了。"伊莱·道斯说,"亲爱的,我来教你怎么拿刨子,好吗?"

安东尼高兴得心都快跳出来了。伊莱拿出最小的那把刨子,用他温暖、结实的大手握住安东尼的小手,教他怎么让刨子在木板上移动。有伊莱一起扶着刨子时,安东尼刨起木板来像水鸡掠过水面一样流畅。可是他自己操作时,一开始刨子总是被卡住,无法推动,不过很快就顺手多了,伊莱说安东尼准能成为一个像模像样的小工匠。他把自己的凿子、锯子、老虎钳和切削刀拿给安东尼看,还让安东尼一样样地尝试。咩咩焦急万分地跑到木匠铺找他们,那时候早就过了安东尼吃茶点的时间。

"原来你跑到这儿来了!"咩咩责怪道,"你可真把我急死了,你这个小坏蛋!我还以为你掉到池塘里了呢。"

"我会刨木头了,咩咩!还会使凿子!道斯先生要教我做一个箱子!"安东尼大声说道。

"哼,等着瞧吧。"咩咩焦虑不安地说。

"好了,咩咩,别这么紧张兮兮的。"伊莱·道斯说,"孩子

愿意过来,就让他过来好了,他在这里不会受到什么伤害,说不定还能得到益处呢。"

"不会受到伤害?到处都是这些吓人的工具。我得先跟他的父亲说说。"

没想到,安东尼的爸爸跟伊莱一样,认为安东尼在木匠铺里能得到一些益处,最重要的是,能从道斯先生那儿得到教益。"他是我认识的最好的工匠,最好的人。"爸爸说,"在最穷困潦倒的时候,他舍不得吃,但干活从来不惜力。"

"他为什么舍不得吃?"安东尼问。

"他要养那么多孩子,却没有多少钱。"爸爸说。

"他现在也有很多很多孩子,"安东尼说,"还有贝蒂。"

贝蒂是伊莱·道斯最小的孩子,是安东尼最要好的朋友之一。

"那是他生贝蒂二十年前的事了,"爸爸说,"他在另一个人的铺子里干活,我听说到了吃饭时间,别人都拿出自己的面包夹奶酪或面包夹咸肉,伊莱也打开自己的手帕,拿出他的面包皮和一小块奶酪。他吃面包皮的时候,假装也在吃奶酪。后来,那块奶酪变得越来越硬,却一直没有变小。那些日子,他只吃得起面包皮,吃不起奶酪。如果家里有多余的吃的,也是归孩子们或道斯太太。每到吃饭时间,伊莱跟工友们一起吃饭只是做做样子,那一小块奶酪他吃了好几个

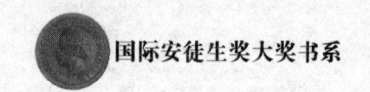

月,最后变得像木头一样硬。"

第二天,安东尼到伊莱的木匠铺去做他的箱子了,啦啦满脸担忧地来找安东尼的妈妈。

"怎么啦,啦啦?"

"回夫人的话,我难过极了,不明白是怎么回事,不可能是老鼠,但我也没看见周围有吉普赛人呀。"

"哟,到底是怎么回事呢,啦啦?"

"是奶酪,夫人,那一大块新鲜的切达奶酪太可惜了。"

"太可惜了——怎么会?"安东尼的妈妈说,"你是说变质了吗?"

"不是的,夫人,是彻底没了。今天早晨还在餐具室呢,现在却不见了。"

"餐具室里还丢了什么,啦啦?"

"没别的了,夫人。窗户没开,也没有人进过门。"

"那可真是怪事儿,"安东尼的妈妈说,"它不可能自己跑掉啊。"

"是啊,不可能,虽然那是一块漂亮的熟奶酪。"啦啦说,"夫人,您能过来看看吗?"

安东尼的妈妈走过去,她和啦啦在餐具室上上下下、翻箱倒柜地寻找,而这个时候,安东尼和伊莱·道斯却在木匠铺里吃午饭,大嚼着面包和奶酪。后来,伊莱陪着安东尼顺着小路走来,手里拿着那块大奶酪,那是小男孩费了很大力气提上山的。他们一边走,一边聊着安东尼已经开始做的那个箱子,伊莱说:"安东尼少爷,最要紧的是一开始要把木板表面弄扎实,如果木板表面没弄扎实,别的都不会稳当。做木匠活儿是这样,生活也是这样。"

到了家里,伊莱提出要见安东尼的爸爸,然后,他一只手牵着安东尼,另一只手拿着那块奶酪,走进了书房。

"怎么啦,伊莱?"安东尼的爸爸说。

"先生,希望您能够原谅我。"伊莱说着,把奶酪放在桌上,"希望您能让小少爷经常到木匠铺来,他很有灵气,我会把他调教成一个像样的木匠。但如果他要带午饭的话,最好他妈妈替他把午饭包起来,我已经跟少爷说过了。先生,少爷特别希望把这块奶酪留在我那儿,但我觉得可能出了点儿小误会。"

安东尼的爸爸看看伊莱,又看看安东尼,然后又看看那块奶酪。安东尼满脸急切的神情,似乎渴望说些什么。

"没有,伊莱,"安东尼的爸爸说,"我认为没有什么误会。如果你能把奶酪拿回家,交给道斯太太,我和安东尼都会感到很高兴的。"

"哎呀,这可够老太婆用好几个月呢,太感谢您了。"伊莱·道斯说。

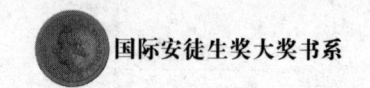

"要谢谢你教安东尼使用工具,伊莱。"

"我很乐意,先生,他会成为一个像样的木匠的。"伊莱重新拿起奶酪,转身离开,可是走到门口,又停住脚步,说道,"当时我拿不准是不是应该把它切开,可是小家伙特别希望像个真正的工匠一样,跟我一起吃午饭,我不知道怎么拒绝他。"

"你做得很对,伊莱。"木匠走后,安东尼发现自己坐在爸爸的腿上,"怎么样啊,我亲爱的孩子?"

"爸爸,他没有假装吃饭,他真的吃奶酪来着。我亲眼看见的。"

"那就好了。"安东尼的爸爸说。

在伊莱的帮助下,安东尼把箱子做好了,用的是曾经生长在老场院的那棵橡树的边角木料,就是十六年前被闪电劈中的那棵树。箱子做好的那天,安东尼迫不及待地跑回家拿给妈妈看,他一边跑,一边把箱子翻过来倒过去,在不同的侧面都看见了让他如此喜爱的橡木的那些纹路和光斑。那棵死去的老树的瑰宝就存在于这里,就像存在于伊莱给教堂屋顶做的那些宏伟的横梁里一样。真的很难相信这木头已经死了,虽然大树本身确实不再挺立。安东尼回家的路上要经过老场院,突然,他想进去看看被他做成箱子的橡树曾经挺立的地方。伊莱说,大树被闪电劈中后,他们从靠近地面的高度把它锯掉了,那个粗粗的大树桩还在那儿。安东尼从篱笆的一个豁口钻了进去。

他不得不在布满小土丘的田野上寻觅了一会儿,才找到了那个树桩。它几乎已经被泥土掩埋,黑乎乎的顶部长着苔藓。安东尼跪下来,扒拉开一些青苔,发现了显示大树年龄的年轮,然而时间和风霜雨雪已经使它们变得难以数清。

"只能让上帝来数清了。"伊莱的声音在他头顶上响起。

安东尼抬头望去,前面是一棵枝繁叶茂的大橡树,它高得一眼望不到顶,树枝都伸到天上去了。

"是你吗,道斯先生?"他问。

"对,是我,安东尼少爷。"

"那么,你就是橡树吗?"

"看起来是这样,对吗?"

"道斯先生,你是死了,还是没死?难道闪电还是把你劈成了两半?"

"我记得好像是这样,但现在我来了。"

"如果你真的死了,你在这里做什么呢?"安东尼问。

"我在支撑教堂的屋顶,安东尼少爷。"

安东尼抬头凝望天空,望着望着,似乎整个天空变成了一座大教堂的屋顶,在祭坛所在的东区,一道闪电突然划过,把伊莱·道斯劈成了两半。然而橡树并没倒下,而是分裂

49

成许许多多的立柱,那些高大美丽的柱子,里面流淌着活生生的光斑和波纹。整个老场院都竖立着这些金色的木柱,它们还向远处延伸,直到目力所及之处:覆盖了整个大地,覆盖了整个世界。相互交织的树枝构成的横梁向四面八方伸展,从这头到那头支撑起了整个天穹。所有的树枝都布满了光的斑点和波纹,它们不断地在木头里上下移动,似乎一边移动一边在歌唱。

"道斯先生,你说树已经死了。"

"我以为它死了,安东尼少爷。"

"树永远不会死。"柱子里那些金色的声音说。

"你还说它再也长不出叶子了,道斯先生。"

"我以为它长不出了,安东尼少爷。"

"树永远都会长出叶子。"那些声音说。

"你在哪根柱子里?道斯先生,哪一个是你?"

"这我可不知道呢,安东尼少爷。"

"他既在一个里,又在一切里。他会被劈中,但不会倒下。他死后将支撑上帝的荣耀,因为他生命的基础是扎实的。"那些声音唱道。

"什么是你生命的基础,道斯先生?"

"我不知道呀,安东尼少爷。"

就在伊莱·道斯说话的当儿,东区又蹿出第二道闪电,安东尼觉得,似乎那成千上万的柱子都被从根上劈断。它们就像出笼的小鸟一样,径直朝空中飞去,一边仍然唱着歌儿,消失在了蓝天里。安东尼发现自己重又盯着老场院里那个黑乎乎的树桩——但它不是一块木头,而是一块奶酪,硬得就像风化了的橡木。

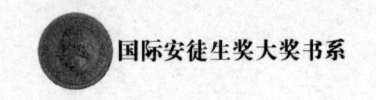

第九章　安东尼去采黑莓

对安东尼来说,事情有时候好,有时候不好。当事情令他满意的时候,他浑然不觉,只是尽情享受。当事情令他不满意的时候,他却能清楚地知道,并想尽一切办法让情况有所改善。他总是想让事情变得更好一点。爸爸给他解释了电报是怎么回事后,他最喜欢的一个游戏就是假装自己是电报线里的电。在果园里,他经常把自己做好的电文挂在果树之间拉起的绳子上,自己在旁边用最快的速度奔跑,一边用手拍打电文,让它向前移动,从一头移到另一头。快,快,再快一点!但怎么也不够快,怎么也不能以最快的速度跑过去。真是慢啊!

而且许多事情都没什么变化。"每天都做同样的事情。我们干吗要活着呢?"有一天咩咩叫他去散步,他问道,"为什么总是顺着那条路走?为什么不能偶尔换换花样,像鸟儿一样在天空行走,或像鼹鼠一样在地底穿行呢?"

安东尼有时候感到沮丧，因为事情太慢、变化太少、太让人失望，但并不是每次都是这样。有一件事情永远不会令他失望，那就是去莱姆太太家。莱姆太太住在马德维克，顺着小路上坡，顺着小路下坡，再顺着小路走一段平地，然后走过小路上的一小片洼地，再走过小路上的一段长长、长长的上坡路，就到莱姆太太家了。那是一所带山墙的漂亮的灰色石头房子，像是一座小庄园变成的农舍，高高地矗立在那儿，俯瞰着下面连绵起伏的山谷。那里最好的房间要数铺着石板的大厨房了。安东尼第一次去的时候，莱姆太太让他坐在桌子旁，给他吃李子和奶油，那是甜甜的紫李子和稠稠的黄奶油。从那之后，安东尼每次去马德维克，都有一碗漂亮的奶油和当季的水果等着他，覆盆子、醋栗、草莓、鳄梨、李子或青梅。他知道在莱姆太太家得到的这种款待永远不会落空，永远都会跟他记忆中的、跟他希望的一样好。

可是，其他本来应该很愉快的事情，却有可能令人失望，比如圣诞节和生日。他是那么热切地盼望着它们，那么生动形象地幻想着它们。日历上的大多数日子，都静悄悄地排着队过来，没有任何特别的色彩，至少，他没有幻想它们有特别的色彩，然而事后，当这些日子过去之后，他才发现那是多么、多么可爱的一天天啊。本来不抱任何希望的，没想到竟然满是欣喜。这些日子的意外之喜不会让他失望，因为他事先并无期盼。可是,圣诞节和他的生日呢,他是那么热切地盼望着,简直迫不及待。他看见它们穿着金色的华服,手中捧满了礼物。有时,它们确实是他向往的那样,或至少八九不离十。然而有的时候,礼物却比他脑海中幻想的少得多、寒酸得多,圣诞节和生日从远处走来时绚丽辉煌,到了身边就似乎有点黯淡无光了。

一些次要的日子,比如盖伊·福克斯日,也能提前预见,但是却很少让他失望。篝火和烟花总是信守诺言,如期出现,除非天下雨了,或你感冒了。即使篝火没有立刻燃旺,即使烟花有点儿返潮,也不会真正令人扫兴。你的心里总是充满了急切的期待,任何小小的变化都会把你的希望点燃,而倘若有大的变化,更是超越了你的希望。一个勉强成功的罗马烟火筒算是大获成功,而一个完全成功的火箭炮简直比成功还要成功——你没有时间思考,只来得及在它蹿上空中炸开,分散成无数的金色雨丝和五彩星星时,感受那突如其来的激动和狂喜。惊诧之中,你得到了所有预期的喜悦。

"你最喜欢什么?玩具还是烟火?"安东尼问他的保姆。

"烟火很漂亮,但玩具可以玩很长时间。"咩咩说。

"玩具永远都会在吗?"安东尼问。

"只要你不把它们弄坏。"

"我可以把它们带到天堂去吗?"

"哟，不行不行，我的小羊羔，"咩咩说，"那是不可以的。"

安东尼感到世界一下子变得黯然失色。他的嘴角耷拉下来。"那还有什么用呢？"不能把自己的玩具带到天堂，它们还有什么意思？说得倒好听，只要不把玩具弄坏，它们就会永远存在，其实根本就不会永远存在……

爸爸在花园里又放了一个火箭炮。

"哇！"安东尼赶紧跑过去，目光在夜色中追寻那道飞蹿的火焰的金色轨迹。它像一根被鲜花压弯了腰的茎梗，在高空划过一个弧度，然后把星星般的花朵撒向空中，一朵红，一朵蓝，一朵白，一朵绿。它们朝安东尼飘来——他伸出小小的双手——哦，想接住一朵，想把它捧在手里，仔细端详！想拥有它！可是，那些彩色的星星还没飘到他眼前就在半空中消失了。它们在安东尼心头点燃的那份惊诧，完好地保存在那里，永远不会减损。

安东尼盼望特殊的日子，也热切地盼望着特殊的季节。比如黑莓季和冬雪季。雪从不令人失望。它来去都不打招呼，你没法数着日子等它，也就对它不抱指望。而当雪真的到来时，喜悦便充盈了你的心房。雪给人带来的乐趣永远不会令人失望，而且今年冬天和去年冬天一样精彩。

可是采黑莓让人失望。安东尼以为黑莓肯定又多又好。

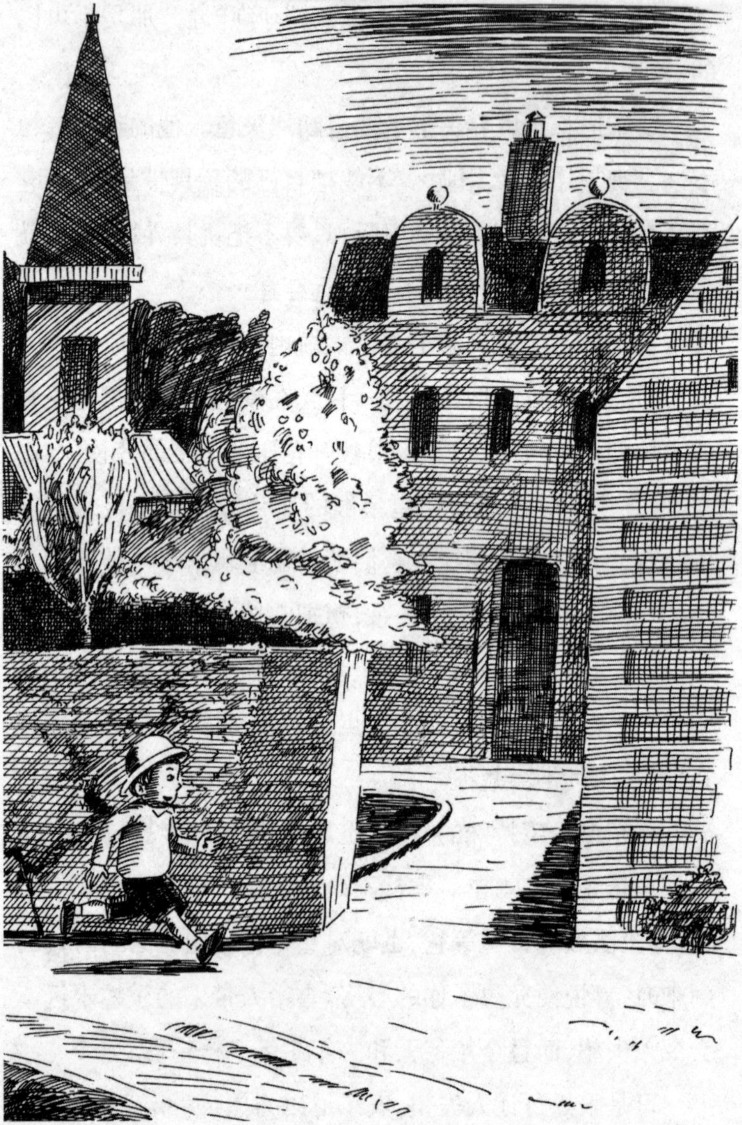

它们有时候确实很多,但很少像去年夏天一样丰美。黑莓总是不够大,或不够黑,他总是碰不到整个萨默塞特最好的黑莓灌木。而安东尼只想要萨默塞特最好的黑莓。他在一簇灌木上采黑莓时,最好的黑莓在下一簇灌木上。可是等他奔到下一簇灌木时,最好的黑莓又在前面一簇上——而且这一簇还不如刚才他丢下的那一簇呢。安东尼回到家里,翻翻自己的收获,经常觉得那些黑莓不够好,不配拿去送给妈妈。于是,他拿来墨水瓶,把篮子里最大的黑莓美化一下,放在最上面,才送到妈妈的房间去。妈妈赞赏地接过去,安东尼的面颊和手指上沾着黑莓汁和墨水,离开时几乎是心满意足的,以为妈妈真的相信他的黑莓确实有那么好。他自己差点儿也信以为真了呢,他把它们弄得和他希望的一样好。

可是妈妈轻轻叹了口气,微微笑了,因为世界并不完全是安东尼渴望的那个样子。

有一天,安东尼被弄了个乌眼青。是贝蒂·道斯干的好事,安东尼回家时感到头痛。见此情景,咩咩又是一阵大惊小怪。

"这是谁打的?"

"贝蒂。"

"那个小坏蛋。我非得教训教训他不可!"

安东尼的妈妈走进了房间:"怎么回事,咩咩?"

咩咩指着说:"是那个小贝蒂干的。我要找他算账!"

"你和贝蒂吵架了吗,托尼?"

"是的,妈妈。"

"为什么?"

安东尼似乎不知道。

"好吧,没关系。我们来想想办法。"

安东尼的头疼得实在太厉害了,妈妈给他眼睛敷上药,就让他上床了。安东尼喜欢这样。他一点儿也不生贝蒂的气。他把贝蒂的鼻子打出了血,贝蒂给了他一个乌眼青。现在他可以享受咩咩的怒气和妈妈的温柔。她俩都陪在他身边时,他头枕着枕头,一动不动地躺着,央求咩咩把窗户关上,只留一道缝,让一点光线透进来,她可以念故事给他听。只剩他一个人时,他不停地从床上爬起来,对着镜子察看他的眼睛。看起来真漂亮,每次看都比上次更漂亮一点。

第二天早晨,他的熊猫眼真是蔚为壮观,但令他吃惊的是,他不再感到头疼了,就连眼睛也不再是一碰就疼。这怎么可能呢?一只眼睛变得这么像黑莓——不管是熟的还是生的,肯定会疼的呀,不疼不正常。安东尼相信自己的情况更糟糕了。咩咩进来时,他静静地躺着,纹丝不动。

"哎呀,你这个懒骨头!"

"我一定要起床吗,咩咩?"安东尼的声音那么虚弱,深

深打动了他自己。一颗泪珠从他眼角滑落。咩咩走到他面前,端详他的伤处。

"你觉得好些了吗,小羊羔?"

安东尼摇摇头。

咩咩把他妈妈叫来了。

"我今天要去上学吗,妈妈?"安东尼已经在村里的小学校念书了。妈妈拉开窗帘,看着他的眼睛,光线洒进来的时候,安东尼皱了皱眉头。光线肯定会刺痛他那样一只眼睛的。

"你的头还疼吗,托尼?"

安东尼点点头。他那只"荣耀"的眼睛又青又紫,五颜六色。他相信自己的头是疼的。

"你今天不用上学了。"妈妈说。

"我要起床吗,妈妈?"

"吃过早饭再看情况。"

在床上吃早饭真是一种享受。吃过早饭,安东尼并没感觉好多少。他央求咩咩把窗帘拉上,然后躺了下来。妈妈若有所思地看着他。现在去打搅他似乎有点残忍。

那天过得很慢。下午,安东尼拿了一本书,藏在自己的枕头底下。生病的优待是很丰厚的,可是没有人在房间里关心自己,又让人觉得闷气。不过,不上学总是好的。

第二天一早,在咩咩进屋前,安东尼对着镜子打量自己的眼睛,失望地看到那辉煌的色彩正在消退。一种很有趣的橙黄色代替了原来的黑莓色,但这金灿灿的眼皮在他自己心里都没造成恐慌。他悄悄找来墨水瓶,尽量把眼睛恢复成原样。如果说它跟原来有什么不同,那就是颜色更黑了。他躺回到床上,妈妈穿着她那件灰色晨衣进来看他了。

"早上好,宝贝儿。"妈妈走向窗口。

"哦,妈妈,求求你别拉窗帘,我眼睛坏了。"

妈妈走过来坐在床沿。"让我看看。"她轻轻把安东尼蒙住脸的被子往下拉了拉。"天哪,天哪!"她喃喃地说。

"是不是很严重,妈妈?"安东尼问,声音颤抖着。他又开始感到全身一点力气也没有了。

"颜色发黑。"妈妈说,"我认为我们需要一点光线,亲爱的。"

安东尼躺了回去,像一个奄奄一息的人。妈妈拉开窗帘,又看了看。"还好!"妈妈说,轻轻碰了碰他的眼皮,"不像表面上这么严重。"

"真的吗,妈妈?"

"我认为我们可以让黑色褪掉一些。"妈妈愉快地说,然后拿来热水和一块海绵。"并不都是青肿。只需要好好地洗一洗。"她开始给安东尼擦洗。

"洗掉了吗,妈妈?我好些了吗?"

"哦,好多了。"

"还不能去上学,是吗,妈妈?"

"哦,我认为能上学了,亲爱的。"

安东尼坐了起来,觉得又有了力气。妈妈给他拿来镜子。他看了看褪色的眼睛,从床上起来了。重新下地走路感觉真好啊。他穿好衣服,感觉就像一个从鬼门关逃出来的人。不过,说来也真是够危险的。

在学校里,他跟贝蒂·道斯详详细细地描述了他的眼睛,贝蒂则告诉他,为了让鼻子止血,染红了多少块手帕、多少件衣服。他们都为自己和对方感到骄傲。

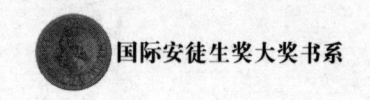

第十章 一人受伤，别人也疼

有一天，因为一件什么事，妈妈有理由生安东尼的气。妈妈完全是对的，安东尼完全是错的，安东尼心里也知道这点。然而奇怪的是，你心里明明知道自己错了，却没办法把这话从嘴里说出来。你就一声不吭地站在妈妈面前，像个哑巴。那些话在你心里砰砰地撞着，撞得那么响，你以为妈妈肯定能听见了，可是没有。她要离开房间了吗？哦，如果、如果她再等那么一小会儿，安东尼就能把那些话说出来了。妈妈又等了一会儿，安东尼还是没说——就是说不出口。他把那些话想好，已经准备要说了，可是当它们涌到嘴边时，他的嘴唇却像门一样闩得紧紧的。为什么说不出口呢？妈妈要走了吗？如果妈妈走了，他就没机会了。妈妈，不要走。还好，妈妈没走。可是她的脸色冷冰冰的，他们似乎再也不属于彼此了。

"托尼，你就不能跟我说说吗？"

安东尼像哑巴一样站在那儿。难道妈妈听不见他在跟她说话吗？也许能听见，可是他这样气呼呼地站着，妈妈能做什么呢？妈妈站了起来。哦，妈妈，你要走了吗？别走，我会跟你说的，我已经准备好了。妈妈在门口等了一会儿，什么也没等到。妈妈走了出去，门关上了，安东尼的希望破灭了。哦，妈妈为什么不再等等呢？都怪妈妈，不肯等他一会儿。他马上就要说了，可是妈妈却离开了房间。

　　当然啦，安东尼也可以去追妈妈。然而不行，那样做难度太大了。于是他走进了花园，愁眉苦脸地溜达来溜达去，不知道该做什么。

　　哦，他真受不了！受不了妈妈冰冷的脸色。他必须想办法赢回妈妈的心，必须让妈妈对他产生另一种感情，而不是现在这种。妈妈用她冰冷的脸色伤害了他，他为自己感到难过。他也一定要伤害一下妈妈，让她难过——妈妈必须难过，非常难过，为了他而难过，就像他为自己感到难过一样。

　　贝蒂·道斯曾经教过他一个特别奇妙的绝招，叫马牙印儿。但凡有点胆量的人，都能在自己胳膊上弄出一个马牙印儿。贝蒂·道斯在自己的小胳膊上弄了一个，骄傲地把伤口亮给安东尼看。你把袖子卷起来，用另一个袖子的粗糙的袖口，在你的胳膊上使劲摩擦。擦呀擦呀，把皮都擦掉了，再继续擦个不停，最后你胳膊上就有了一个长长的、椭圆形的伤

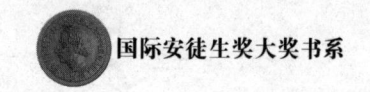

口。

安东尼卷起袖子,在自己胳膊上弄了个马牙印儿,看着怪吓人的那种。弄好以后,他自己都差点儿被吓着了,不过做这件事给他一种强烈的、夹杂着痛苦的快乐。不知怎的,有了这个看得见的伤口,那道无形的创伤似乎没那么痛了。他带着伤去找妈妈,一边哭着,没错,真的哭出了眼泪,他刚才一直为了别的原因强忍着泪水,现在不需要再忍了。他举着受伤的胳膊朝妈妈跑去,那只小手耷拉着。

"看一看,妈妈,看一看我的马、马牙印儿!"

妈妈吓坏了。看到妈妈脸上冷冰冰的表情消失了,换上了惊惧和同情,安东尼内心得到了安慰。

"托尼!宝贝儿!这是什么?"

"是马、马、马牙印儿。"安东尼抽抽搭搭地说。

马牙印儿?他被马咬了吗?是什么马?马跑到他面前,咬了他之后又跑走了?妈妈想着。

妈妈给他胳膊上敷药时,安东尼心满意足地看到妈妈又爱他了。他成功地消除了妈妈的恼怒,但是妈妈又开始惊恐担忧了。妈妈不是大惊小怪的人,但此刻她真的很担心。不过,她安慰了安东尼,给他擦干眼泪,并没有吓唬他。不一会儿,安东尼就离开了妈妈,怀着愉快的心情,到木匠铺找到伊莱·道斯。正在刨木板的伊莱抬起头,说道:"你好!把自

己弄伤了？"

"是的。"安东尼说。

"怎么回事？"

"哦，没什么大不了的。"安东尼说。出于某种原因，他不能告诉伊莱这是马牙印儿。伊莱·道斯是贝蒂的爸爸，而正是贝蒂教会安东尼这个技巧的。也许伊莱知道这秘密。而且，说来奇怪，他不愿意对朋友伊莱撒谎，虽然刚才对妈妈撒谎时并无顾忌。可是在他和妈妈之间，关系需要调整，而他和伊莱之间关系一直没有问题。

"亲爱的，那你今天不能干活了。"伊莱说。

"我可以使锤子。"安东尼说。

"没有什么需要捶打的。"伊莱继续独自干活。"听说你父亲农庄的收成不好，我很难过。"过了一会儿，他说。

"你为什么难过？"安东尼问。

"你的爸爸是个有教养的绅士。"伊莱一边刨木板，一边说道，"你知道吗，亲爱的？一人受伤，别人也疼。"

"是吗？"安东尼不明白，爸爸的农庄年景不好怎么会伤害到伊莱，"你有农庄吗，伊莱？"

"我？没有。但是大家都是拴在一起的，安东尼少爷。你看，事情是这样的。如果一个人碰到好光景，别人的日子也会好过。如果一个人碰到坏光景，别人也会遭罪。我本来打

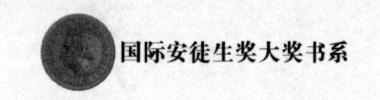

算今年夏天给你爸爸翻修那个旧牲口棚的屋顶呢。"

"现在不修了吗?"

"不修啦,你爸爸找到我说:'这事儿必须缓一缓呢,伊莱,我今年亏损了。'所以,明白了吧。一人受伤,别人也疼。"

"你不会挨饿吧,伊莱?"

"上帝保佑,不会!苦日子会过去的。等你爸爸又遇上好光景时,我的日子也会好过的。大家都是拴在一起的。"

安东尼回家时,伊莱的话还在耳畔回响。他有生以来第一次,在刹那间明白了"一人受伤,别人也疼"的含义。他对妈妈狠心,也是对自己狠心。大家都是拴在一起的。

他急切地进屋去找妈妈,妈妈正坐在那里做针线活儿。妈妈用原来的老面孔看着他,不再是一脸冰冷。对着老面孔就容易说出口了。安东尼朝妈妈跑去:"哦,妈妈!"

"怎么啦,托尼?胳膊还疼吗?"

"不,不太疼了,妈妈。"

"那太好了。"妈妈说着把他抱到腿上。安东尼用脸摩擦着妈妈的肩膀,低声说:"妈妈,我真想对你说——"

"那就说吧。"妈妈搂抱着他,说道。

话毫不费力就说了出来,他跟妈妈说了早晨说不出口的那些话。是的,终于说出来了,一切都没事了,安东尼看见自己的伤痛和妈妈的伤痛一起消失。伊莱·道斯说得太对

了。

　　只有一件事他没说，就是那个马牙印儿。出于某种原因,他不想说。反正,妈妈不再烦恼了,他也就不再烦恼。而且,如果他把这事告诉了妈妈,以后就再也不能做了。

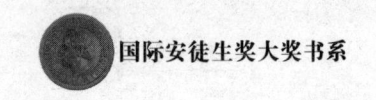

第十一章 跳跳大娘

从索尔斯伯里通往迷人谷的大桥下面,住着一个巫婆。安东尼知道这一点,因为是贝蒂·道斯说的。那天,他和贝蒂一起躺在大桥附近的一块被阳光照耀的大石头上,第一次注意到了巫婆的那座在大山脚下的小茅屋。茅屋一头伸出一根烟囱,烟囱和茅屋其他部分加起来一样高,从这里只能看见茅屋的后身和斑斑驳驳的墙根那儿的一小簇灌木,墙上有一扇破败不堪的门。一棵很高的树,长在下面的山坡上,树梢跟茅屋顶上的窗户差不多高。一缕细细的烟像一绺散乱的灰色头发一样,从烟囱里打着卷儿冒出来。

"贝蒂,谁住在那儿?"安东尼问。他希望没有住人。安东尼很想得到那座小木屋,如果它没有主人,那里该是一个多么好玩的地方啊。

"跳跳大娘住在里面,"贝蒂说,"她是个巫婆。"

"真是个巫婆吗,贝蒂?"

"妈妈带我去找她,她用魔法把我手上的瘊子除掉了。"贝蒂说。

"她是怎么做的?"安东尼问。

"掏出她嘴里嚼着的什么东西,涂在我的瘊子上,我走的时候,她对着我的耳朵眼低声说了几句话。"

"她说了什么?"

"我不知道,反正弄得我耳朵眼挺痒痒的,过了一个月,我那些瘊子就不见了。"

"她长得什么样儿?"安东尼问。

"就是一个老太婆。如果你愿意,可以到后门那儿去偷看她。她可能会生气,冲出来追你。她不喜欢被人偷看,我以前偷看过她。"

"她冲出来追你了吗?"

"给我治过瘊子以后,她就不追我了。她只追那些她没给看过病的人。如果你愿意,可以跟我一起去。"

安东尼正在考虑的当儿,一只黑白相间的喜鹊从小茅屋窗户边的树梢里飞了出来——说真的,在安东尼看来,它似乎是从窗户里直接飞出来的。

"那是她吗,贝蒂?"安东尼问。

"不是,你这傻瓜,"贝蒂嘲笑道,"那是她的喜鹊。"

"她的喜鹊?"

"我猜是吧,这只鸟可调皮了。我们下去偷看巫婆吧?"

安东尼决定那天上午先不去偷看。他想去,又不想去。他特别想看看巫婆那摇摇欲坠的小茅屋的另一边是什么样子。可是屋顶的那扇窗户在阳光里冲他眨眼睛——没准儿就是跳跳大娘的眼睛。烟囱顶上颤巍巍地冒出的那缕灰烟,没准儿就是她的几根头发。还有那只喜鹊,没准儿就是一个调皮的孩子,因为很久以前偷看过巫婆,被巫婆冲出来抓住。既然巫婆对着贝蒂耳朵说几句话就能把他手上的瘊子变没了,她还有什么变不了的呢?

可是回到家里,安东尼一直在想巫婆的事。就因为很难做到,他反而越来越渴望看见小茅屋的内部。现在,他发现自己一星期有两三次在那块大石头旁徘徊,从那里能看到下面跳跳大娘的后门。有一次,他甚至顺着山坡往下走去,可没等走到那儿,那只喜鹊从他头顶飞过,落在了屋顶窗户旁的那棵树里。它准是看见安东尼了,正要去向巫婆报告。安东尼赶紧跑开了。

他又试了第二次,这次喜鹊没有出现。然而没想到,巫婆本人突然从破败不堪的门里走了出来。她又老又瘦,弓着个腰,破烂的褐色衣裙外面系着一条黑围裙,肩膀上裹着一条用钩针编织的黑披巾,手里拿着几根棍子。安东尼一看见她,整个人就石化了,全身一点都动弹不得。后来巫婆一抬头,看见了他!巫婆把棍子扔在地上,举起两只瘦骨嶙峋的胳膊使劲地挥舞,好像它们是两个没有羽毛的翅膀。这种古怪的动作使她的黑披巾被掀起来,垂落到了肩胛骨上,她稀稀拉拉的头发朝四面八方飘散。她什么也没说,只是站在那里,挥舞着胳膊,赶安东尼走开。一下子,似乎魔咒被解除了,安东尼的四肢又能动了,他转过身,撒开腿没命地逃走了。后来,他再也没有试图去偷看过小茅屋。

　　几个月后,安东尼病了。起初,妈妈用简单的药物给他治疗。在这期间,他心情烦躁,咩咩喂他吃药、给他抹药膏时愠怒地责骂他,叫他不要做个坏脾气的孩子。后来,安东尼不再介意自己的病,也不怎么留心药膏什么时候敷上,什么时候换掉,这时候医生来了。安东尼看见有时是医生站在床边,有时则是咩咩或啦啦坐在那儿,爸爸也经常过来,妈妈似乎从来都没离开过房间。安东尼自己倒是常常从屋里游荡出去,漫无目的地在家里闲逛,但不管他什么时候回到房间,都看见妈妈在对他微笑。有一次,他回来得太突然了,妈妈没有笑,而是在哭泣,但没有发出一点声音。后来,爸爸、妈妈、咩咩和医生都挤在房间里,来来去去,互相穿梭,随后渐渐模糊,融入到墙纸上的那些雏菊花之中。有时,安东尼听见有人在房间里窃窃私语,却听不清在说些什么。过了一会儿,房间里又充满了叽叽喳喳的说话声,他真希望这声音

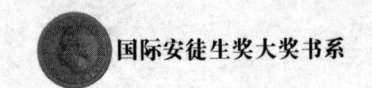

能够停下,叽叽喳的声音吵得他头好疼,他们为什么不来制止呢?他想睡觉,可是叽叽喳喳的声音太吵了,他睡不着。

他再一次睁开眼时,看见坐在床边的是跳跳大娘。看得真清楚啊,他许多许多年都没有这么清楚地看见过别人。跳跳大娘的黑眼睛犀利地看着他,好像要把他看穿,而安东尼一点都不害怕。那双眼睛虽然没有笑意,但似乎什么都看到了,这就令人感到安慰。跳跳大娘把手放在安东尼额头上,俯下身子,对着他耳朵轻声低语。

"好了,孩子,安东尼必须睡觉了。"她耳语道。

"可是我睡不着,叽叽喳喳的声音太吵了。"安东尼烦躁地说。

"那就别再叽叽喳喳。"

"是我吗?"

"当然是你,你这喜鹊。你这么叽叽喳喳,安东尼还怎么睡觉呢?快走吧,走吧!"

跳跳大娘一直在他耳边轻声地说着话,最后,安东尼脑袋里的那只喜鹊不得不出来听一听。喜鹊飞出来,径直飞出安东尼的耳朵眼,落在跳跳大娘戴着钩织披巾的肩头。喜鹊安东尼看了看床上,一个跟他自己很像的小男孩安安静静地躺在那里。

"他睡着了吗?"喜鹊安东尼问。

"我认为应该睡着了,因为他现在摆脱了你,你这只顽皮的小鸟。跟我走吧,我把你安置在一个能让你把话说个够的地方。"

跳跳大娘离开房子,顺着小路往下,又爬上山坡,朝她的小茅屋走去。终于,喜鹊安东尼能从另一边看见小茅屋,还能瞅一瞅它的内部。可是多么令人意外啊!小茅屋的另一边一点也不摇摇欲坠的。一道整整齐齐的绿门两边是两扇竖铰链窗,下面不是灌木丛,而是一小片漂亮的绿化带。小茅屋里的房间铺着红色的地砖,白色的墙壁上是灰色的橡木横梁,有的弯,有的直。窗台上放着花盆,壁炉前铺着一块色彩鲜艳的小地毯。壁炉架上挂着一束束晒干的草药。壁炉膛深得像一个小房间,木头燃起的炉火上,用钩子挂着一个黑色的大锅。锅里煮着一种香喷喷的东西,热气飘飘袅袅地升入长长的烟囱。小地毯上蹲着一只烟灰色的小猫,两只眼睛金灿灿的。

"拖把猫,我给你带来一个玩伴。"跳跳大娘说着,把喜鹊安东尼放在了小地毯上。灰猫慢慢地踱到喜鹊面前,不一会儿,就和他成了朋友。他们在房间里跑来跑去地玩游戏,跳跳大娘照看锅里的东西。"你在做什么呢?"喜鹊问。"给安东尼做吃的。""我也能吃点吗?""不能。只是给安东尼的。""那我可以拿去给他吗?""当然不行。你最好别去招惹

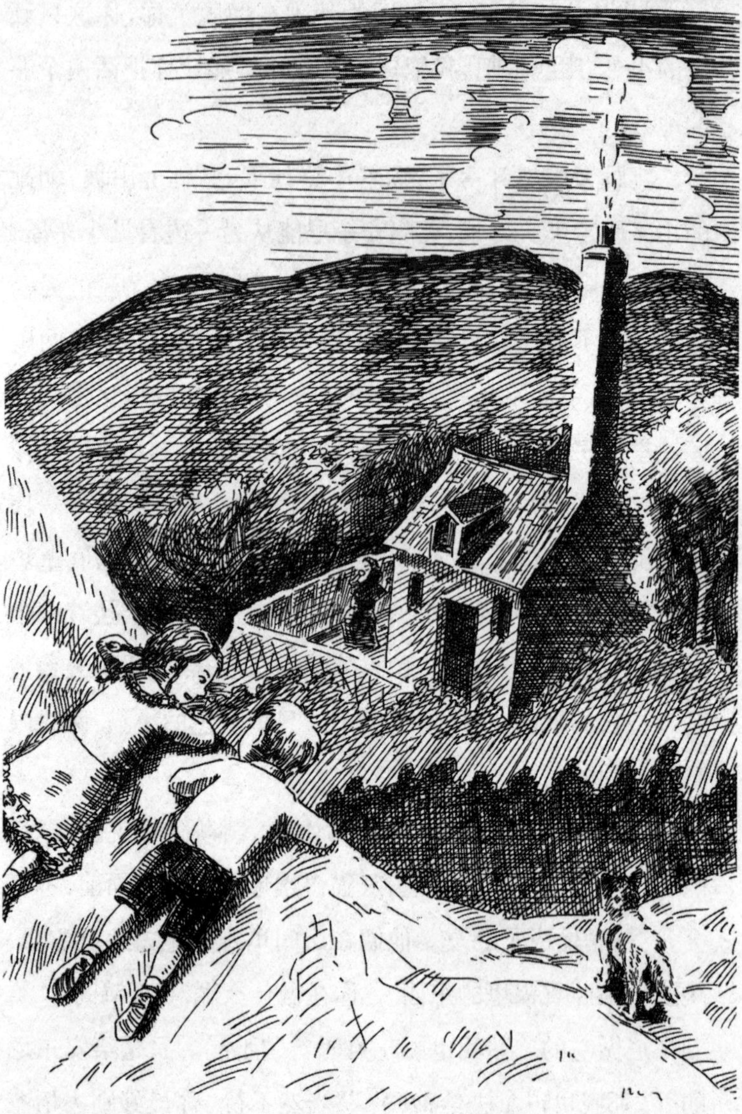

安东尼。""难道我不是安东尼吗?"喜鹊问。

"你不过是一只调皮的小鸟。"跳跳大娘回答。

过了一会儿,她把煮好的东西装在一个小瓶子里,拿着出了门,拖把猫和喜鹊留在家里吃晚饭。他们围坐在一张乌黑锃亮的橡木小圆桌旁。拖把猫面前是一盘奶油,喜鹊面前是一碗豌豆。跳跳大娘回来后,喜鹊问道:"安东尼怎么样了?"

"摆脱了你,他恢复得不错,"跳跳大娘说,"到你自己的房间去吧。"她领着喜鹊走上一道转弯抹角的楼梯,来到屋顶上她自己的小房间,里面空荡荡的,只有一个三条腿的凳子和一张窄窄的床,床上铺着一条拼花的被子。喜鹊认出被子上的许多零碎布料,都是安东尼村里人的衣服、围裙或彩色手帕的碎片。他看见其中有贝蒂的一块衬衫布。

"多么好玩的被子。"喜鹊说。

"做一条被子需要各种各样的碎布,"跳跳大娘说,"还缺安东尼的一块小布头,然后就大功告成了。"

"什么时候做成?"喜鹊问。

"等你回到家,带安东尼来见我的时候。"

"那是什么时候呢?"

"起码要七年,"跳跳大娘说,"我养小鸟一般都养七年,然后你就可以回去。但我必须得到报偿才会放你走。这是你

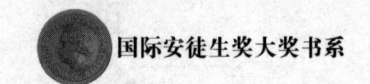

的房间。"

她打开房顶的窗户,喜鹊看见一个十分可爱的绿色房间,点缀着斑斑驳驳的光影。墙和天花板都是树叶,有可以栖息的树枝,有可以睡觉的鸟巢。鸟巢的一边挨着树干上的一个洞,喜鹊往树洞里看去,发现底部有一大堆闪闪发亮的宝贝。

"那是什么?"他问。

"都是你们这些顽皮的小鸟拿来给我的。"跳跳大娘说,"你们都是小偷和守财奴,所以我才喜欢你们,难道巫婆就不该得到报偿吗?"

"那么你是个巫婆喽?"喜鹊说。

"应该可以这么说!"跳跳大娘骄傲地说。

整整七年,喜鹊住在巫婆窗户外的大树上。他过得很开心,跟小猫一起玩儿,吃喝不愁,在月光和阳光里飞来飞去,听村里人聊一些家长里短,再在巫婆煮东西时把听来的话告诉她。这样一来,巫婆对方圆好几英里发生的事都了如指掌。有时,喜鹊看见小孩子们在大桥上悄悄地朝跳跳大娘小茅屋的摇摇欲坠的后门移动,当跳跳大娘跑出来,朝他们挥舞胳膊时,那些小孩子们又匆匆逃走。

"他们害怕你呢,跳跳大娘。"喜鹊笑着说。

"是啊,这些小傻瓜。"跳跳大娘说。

"唉，也难怪，"喜鹊说，"你这样朝他们冲过去。"

"他们不应该从后面过来，"跳跳大娘说，"每件事都有对的一面和错的一面。"

每天晚上，喜鹊都问："安东尼怎么样了？"每天晚上，跳跳大娘都回答："恢复得不错。"七年快过完了，喜鹊又提出这个问题，跳跳大娘说："安东尼痊愈了。你可以把债付清，回去了。"

"我付给你什么呢，跳跳大娘？"

"悄悄溜进安东尼的耳朵眼，在他的脑子里寻找一个尖尖的小石头，就是那个在折磨他。你肯定一看就知道，上面写着我的名字呢，那就是我需要的报偿。可是你必须悄无声息地去做，别把他吵醒。"

喜鹊径直飞往安东尼的家，他已经七年没来这里了。卧室的窗户开着，他像一道影子似的闪了进去，动作那么轻，就连坐在炉火边的咩咩都没注意到。安东尼在床上睡得很宁静，也没发觉。喜鹊悄悄钻进他的耳朵眼，在他的脑子里寻找，终于发现了那块尖尖的小石头。石头上写着一句话："我怕跳跳大娘。""就是这个！"喜鹊说，带着它飞了回来。"就是这个！"巫婆说。她拿来一根针，在石头上写了个"不"字。刚写完，尖尖的小燧石就变成了一枚玫瑰蓝宝石。

"真好玩。"喜鹊说。

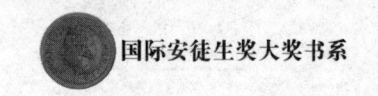

"没什么好玩的。"巫婆说,"万事万物都有两面。把它扔到树下,回家去吧。"

"咩咩,"安东尼坐在床上说,"我现在多大了?"

"老天爷啊!"咩咩喊着跑过来亲他,"快躺下,我的小宝贝儿。"

"可是我多大了呢,咩咩?"

"你不记得了吗?上次过生日是七岁。"

"七加七是多少,咩咩?"

"是十四,小鸭子。哎呀,你就别操这份心了。快翻个身,咩咩端点好东西给你喝。"

安东尼喝完后,问道:"跳跳大娘来了吗?"

"哎呀!"咩咩说,"你果然去看过她。来过,我的小羊羔,她正好七天前的晚上来过。"

"你真的确定我不是十四岁,咩咩?"

"千真万确!好了,闭上眼睛吧,我的小羊羔。"

安东尼又能出门的时候,妈妈带他去看了跳跳大娘。他们从房子的另一边进去,就是有绿门的那边,跳跳大娘出来迎接他们,穿着一件崭新的漂亮的灰裙子,系着印花围裙。他们和她一起喝了杯茶,她给了安东尼一小块蛋糕,还让安东尼和她那只眼睛金灿灿的小灰猫一起玩耍。他们离开之

前,跳跳大娘问安东尼的妈妈,能不能给她一块安东尼的小手帕,让她缝在那条拼花被里。她说那是她的一个爱好。她把他们领到楼上,走进那个屋顶下的房间,安东尼的妈妈欣赏拼花被时,安东尼透过窗户凝望那棵绿色的树。他知道,在树根的某个地方,躺着一枚玫瑰蓝宝石,上面闪烁着这样一句话:"我不怕跳跳大娘。"

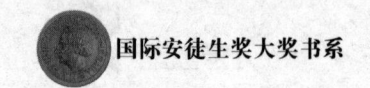

第十二章　找蘑菇的人

在安东尼生活的村子里有一个傻子，大家都叫他傻子比利。他像绵羊一样从不伤害任何人，谁也不知道他靠什么生活。他睡在山坡上的一个小草棚里，草棚派不上别的用场了，不知怎的就变成了傻子比利的栖身之处。草棚东倒西歪，已经不成样子，它所在的那片土地的主人，也欢迎傻子比利去住。比利穿的那件破破烂烂的旧大衣，本来是穿在一个稻草人身上的，现在也由他随意支配。那顶破帽子是他在阴沟里捡的，没有人认领，没有人想要。也许这就是傻子比利生存的秘密——他满足于这些别人不再需要的东西：衰败的草棚、破烂的大衣、被丢弃的帽子、破得没法修补的某人的靴子，别人原本要拿去喂猪的残羹剩饭。只要有一点点东西——一点点栖身之处、一点点衣服、一点点食物，或者一点点善心，就能让比利感到开心。没有一个人对他不好，他走到哪儿也都是半咧着嘴微笑。他有一双浅色的、水汪汪

的眼睛,说话说不清楚。路上遇到有人跟他打招呼:"你好,比利!"他就把头一低,痴痴地傻笑。

安东尼自打记事起,就总看见比利提着那个粗麻布做的小口袋走到安东尼家门口,袋子里装着他准备送人的东西。有时是早熟的水芹菜,有时是几束刚开的金凤花,而最常见的要数蘑菇了。别人都不知道上哪儿去找蘑菇时,他竟然能够找到。漂亮的、珍珠色的小圆蘑菇,上面还沾着露珠,底下粉红色的孢子还蒙着一层软软的白网。从来没有谁的蘑菇能比得上比利的。每当咩咩和啦啦端着一盘蘑菇进来,说:"先生,比利刚才路过,把这些留给了您。"安东尼的爸爸总是感到很高兴。

"追上去,把这个给他。"安东尼的爸爸说,从他的烟草袋里取出一大块,用纸包起来。大家都知道比利是怎么回事——他经常走到一户人家门口,把他小口袋里的鲜花、坚果或水芹菜倒出来,然后把头一低,转身离开。他似乎不指望拿到钱,有时陌生人给他几个小钱,他也从来不知道花。但其他不管什么礼物都能让他心花怒放——一小撮烟草,一把旧折刀,几粒糖果。安东尼还很小的时候,有一次跑出去,把自己的风筝给了比利,比利高兴得简直不知怎么好。那是一只彩色的风筝,一半蓝,一半绿,有一条很长的尾巴。比利把它举在风中,一会儿朝这边跑,一会儿朝那边跑,安东尼想教他怎么把风筝抛上去，可是他和比利在这方面都不够灵巧，风筝总也飞不起来。每次他们把风筝抛到空中，比利就高兴地发出小鸟般的叫声，仿佛在说："上去了！"当风筝落下来时，他露出不解的神情，随即放开嗓门大笑，仿佛在说："下来了！"于是安东尼也跟着笑，比利欢喜地拍着膝盖，因为两人都为同样的理由发笑，当一个玩笑正在进行中时，有人做伴是一件多么美好的事情啊。最后，比利走了，一路跑着，把风筝举在面前，长长的尾巴在身后飘荡。

从那以后，每次看到安东尼，比利都会拍打着膝盖，放声大笑，安东尼也跟着笑。比利总是把他最好的蘑菇送到安东尼家，然后在门口徘徊，想看一眼那个送他风筝、陪他一起大笑、一起玩耍的小男孩。

然而，他从哪儿采到的这些蘑菇呢？这始终是一个谜！他赶在了所有人的前面，安东尼的妈妈说，他准是在半夜里找到这些蘑菇的。

"比利，你真的是在半夜里找到它们的吗？"安东尼问。然而比利只是发出小鸟般的叫声，把头一低。这时，安东尼就会拉住比利的手，恳求道："你哪一天晚上去找蘑菇的时候，带我一起去好吗？"比利水汪汪的蓝眼睛便会闪烁着喜悦，嘴里喃喃道："蘑菇！"还说了一些别的话，安东尼听不清楚，但知道那意思是"好的"。他相信比利一定会信守诺言。

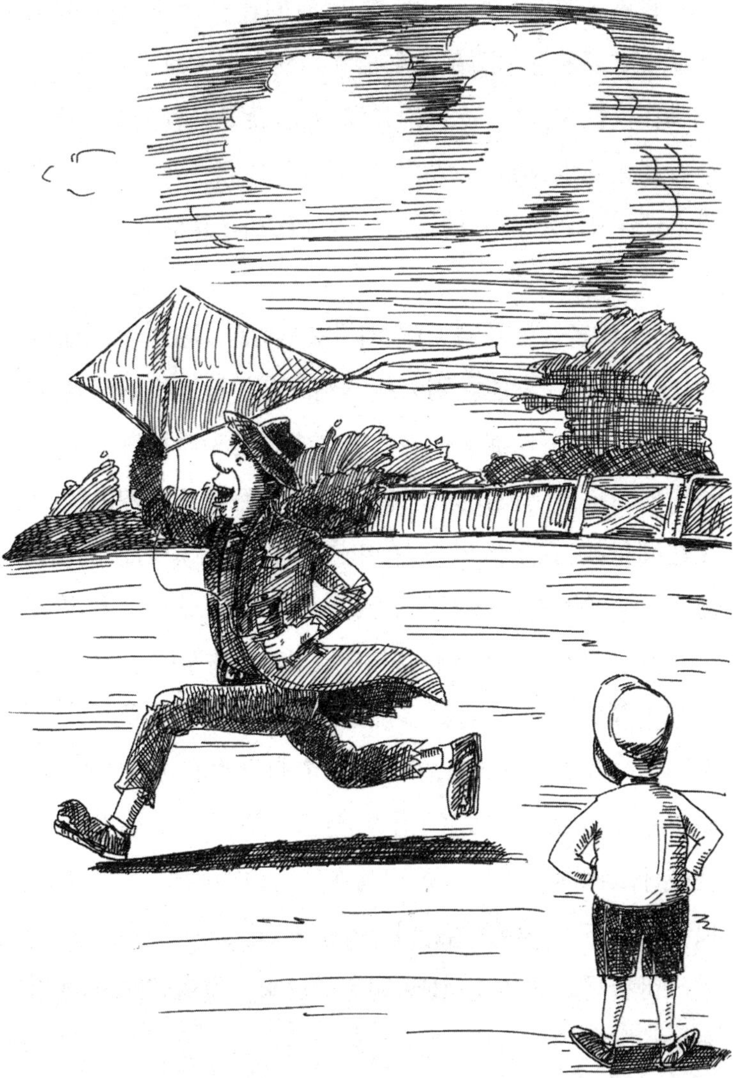

有一天,比利送来一袋蘑菇,时间比平时还要早,别人都还没有开始考虑蘑菇的事情呢。安东尼无意中听见爸爸妈妈在谈论这件事,爸爸说:"没错,这就是一种天赋。上帝给有些人才华,给有些人力量,给有些人聪慧或美丽。但他肯定给了比利找蘑菇的天赋,因为比利在其他方面都很欠缺。"

"一种多么可爱的天赋啊!"安东尼想。随便什么时候,只要自己愿意,就能在别人找不到蘑菇的地方找到蘑菇,这在小男孩看来,比拥有才智或聪慧之类的东西神奇多了。

他独自出门去找蘑菇,想看看自己有没有这种天赋。他在花园里找,在果园里找,在小围场里找,在他居住的磨坊池塘下面的所有沟沟壑壑里找,可是一个蘑菇也没发现。然后,他从门边的那棵空心柳树里钻出去,在小路上慢跑,在篱笆里寻找,那里长着许多饰带花和粉红色的剪秋萝,可是看不见一朵蘑菇。于是,安东尼担心自己没有这种天赋。他坐下来,眺望山谷那边的山坡,远远地看见一个小身影,正在把什么抛向空中——是比利在努力地放风筝。可是每次风筝都"啪嗒"一声落在地上。

运货马车夫迪克·钱德勒走了过来,说道:"你好啊,安东尼。"

"你好,迪克。"

"你在看什么呢,看得这么出神?哦,原来是比利在放风筝。可怜的老比利,他永远也放不上去,他没有那种天赋。驾,跑起来,花斑马!"马车夫顺着小路远去,安东尼继续凝视着远处那个身影,他明白了,比利有找蘑菇的天赋,却没有放风筝的天赋。

一天夜里,山谷里起了大风,之后不久,比利就消失了——就那样消失了,就像你在田里总看到一个稻草人,已经习以为常,有一天它却突然不见了。最初几天,谁也没注意到什么,接着,人们开始问:"你最近见过傻子比利吗?""没见过。""我也没见过。估计他是去什么地方了。"过了一两天,人们开始纳闷,因为比利没有再上别人家去,也看不见他在他自己的那片山坡上。后来,贝蒂·道斯到小草棚里去了一趟,回来时两个眼珠子都要瞪出来了。

"里面空空的,跟枯井一样——什么也没了,连一根棍子、一块破布都不剩。他走了,比利一去不回头啦。"

起初,村里人对贝蒂的话嗤之以鼻,说:"他会回来的,肯定会的。"可是贝蒂说得没错。比利是彻底走了,摇摇欲坠的小草棚里没留下一点他的痕迹,连他的小麻袋和风筝都不见了。只是孩子们从泥泞的地面抠出了几枚铜钱,而铜钱很难说是比利的痕迹,因为他从来都不知道怎么花钱。

安东尼躺在自己的小床上,听见哔哔在跟啦啦谈论这

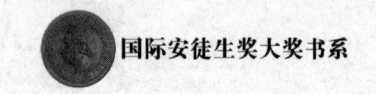

件事。

"自从那个刮大风的夜晚之后,谁也没有见过他。"咩咩说。

"大风把他刮走了,我一点也不奇怪。"啦啦说。

"把谁刮走了?"安东尼问,从床上坐了起来。

"比利呀。"啦啦回答。咩咩赶紧说道:"你快点躺下睡觉吧,我的小羊羔。"

"可是,咩咩,"安东尼躺下后问道,"大风把比利刮到哪儿去了呢?"

"去找蘑菇了。行啦,别再提问题啦。"咩咩边说,边帮他掖好被子。

那天夜里,风又刮起来了。安东尼的窗户被吹得哗啦啦响,使他难以入睡——必须出去看看。他有一种奇怪的感觉,似乎这不是今天夜里,而是一个星期前,比利被大风刮走的那个夜晚。

果然如此。安东尼刚穿过山谷,来到那座小草棚前,就看见比利坐在门口,仰脸望着天空。天空一片漆黑,乌云密布。

大风掠过山头,从天空中冲下来。它停在小草棚旁,咆哮着发出宣告。

"比利,你的时间到了!"

比利只是发出小鸟般的叫声，于是安东尼替他问道："什么时间？"

"比利放风筝的时间。"大风回答，"上面要他上去。"

"你听见了吗，比利？快去拿风筝。"安东尼说。

比利高兴地笑了起来，他一跃而起，从小草棚里取出了那个蓝色和绿色的风筝。

"把你的风筝抛上去吧！"大风喊道，"抛得高高的！"比利把风筝往空中一抛，风筝升啊、升啊，最后飞到大风前面去了。比利粗声大笑，用一只手紧紧拽住线，跟风筝一起飞了上去。双脚离地时，他猛地把长长的右胳膊伸下来，一把抓住安东尼睡衣的领子。

"哦，比利！"安东尼喘着气说，"我们去哪儿？"

比利嘟囔了一句什么，听着好像是"蘑菇"。他把那只破旧的小麻袋塞进安东尼手里，他总是把自己发现的宝贝放在这个麻袋里。

比利在空中越升越高，越升越高，最后四周变得空旷、一片漆黑！突然，比利又发出了那种小鸟般的叫声，他似乎用手指在给黑夜挠痒，而安东尼却什么也看不见。接着，就看见比利的手里躺着一个洁白闪亮的蘑菇。安东尼张开小麻袋，比利把宝贝蘑菇扔了进去。不一会儿，他又发出小鸟般的叫声，又从黑夜里凭空变出了一个亮闪闪的蘑菇，比刚

87

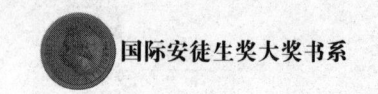

才那个还大。此刻,在他们飞速的行进中,比利那双瘦长瘦长的手在空中忙个不停。蘑菇们像变魔术一样,在他的触碰下呼呼地冒出来。小麻袋越来越重了。最后,安东尼说:"没有地方再装啦!"就在这时大风喊道:"我们到了!"

他们站在一道恢宏壮美的大门前。门里面密密麻麻地站着六翼天使、智天使和其他各种天使。只有一位手拿一本大书的高个子天使站在门外,他身边站着一位穿白色长袍的圣徒。安东尼知道他肯定是圣彼得,因为他手里拿着钥匙。他们前面还有几个人站在门口,每个人上前时,圣彼得都要问:"你从人间带回了什么作为进入天堂的通行证?"

一个人说:"我离开时得到的智慧。"

圣彼得转向那个手拿大书的天使,说:"他用他的天赋做了什么?"

天使在大书里查了查,回答道:"他用它聚敛了财富。"

"在这里。"那人说着,举起了好几袋金子。

然而圣彼得摇了摇头。"那不能让你进去。天堂里没有金钱。"他说。那人便从门口转身离去。

接下来轮到一个女人,圣彼得对她提出同样的问题:"你从人间带回了什么作为进入天堂的通行证?"

"我的美貌,"她说,"我离开时得到的美貌。"

"她用她的天赋做了什么?"圣彼得问。

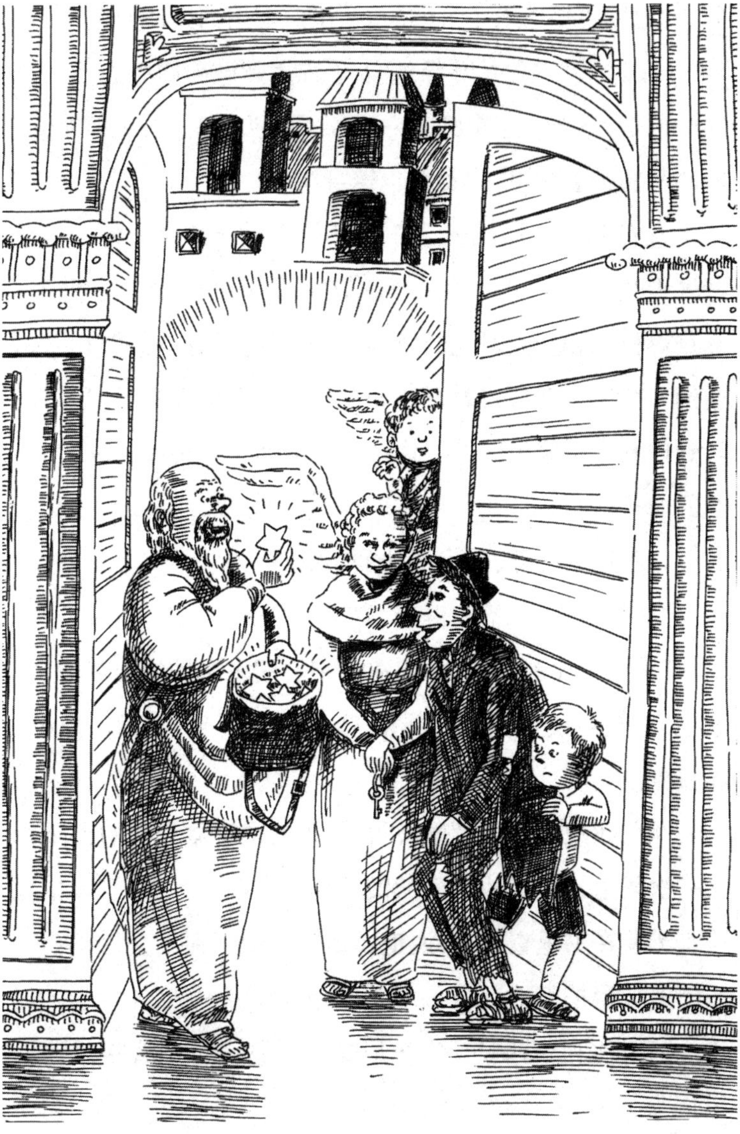

"她用它伤了六个人的心。"手拿大书的天使回答。

"在这里。"女人说着,呈上了那六颗破碎的心。

可是,圣彼得还跟刚才一样摇了摇头。"你不能把你造成的悲伤带进这里。"女人也转身离去。

人们一个个上去碰运气。有一个人的天赋是力量,他用这种天赋伤害了同胞;另一个人的天赋是机智,他用这种天赋获得权力和别人对他的赞美。圣彼得都没有给他们开门。他们一个接一个地带着自己使用不当的天赋离开了。最后轮到比利,圣彼得问他:"你从人间带回了什么作为进入天堂的通行证?"

比利把头一低,递出了他的小麻袋。

"这是什么?"圣彼得说。

"蘑菇。"比利嘟囔道。安东尼担心朋友奇妙的天赋被人忽视,就轻声说:"他能找蘑菇,别人都找不到的时候,他也能找到。"

"啊,我想起来了。"圣彼得说,他转向手拿大书的天使,又一次问道,"他用他的天赋做了什么?"

天使在书里查了查,说道:"他赠送给了别人。"

圣彼得把手伸进袋子,掏出一把蘑菇——

"哦,比利,看啊!"安东尼喊道,"它们不是蘑菇,是星星!"

这些闪闪发亮的宝贝,是比利在漆黑的夜空中找到的,当时除了他谁都找不到。比利看着它们,拍打着膝盖,放声大笑,他笑得那么开心,引得安东尼、圣彼得和那个天使都跟他一起哈哈大笑起来。圣彼得把门打开,门的那边传来了六翼天使、智天使和里面众多天使的欢笑声。比利把头一低,走进了大门,他的喜悦简直无边无际,为了同样的理由跟同伴一起放声大笑,这是他所知道的人间和天堂里最快慰的事情。

"好了,安东尼,我不是叫你躺下来睡觉的吗?"咩咩嗔怪道,"结果你却坐在这里,傻乎乎地盯着天空发呆。你没理由醒着,风早就停了。如果你不相信我的话,就自己看!"说着,咩咩拉开了窗帘,"今晚一丝儿云也没有,天空上满是星星。"

"不,咩咩,不是星星,是蘑菇。"安东尼说着躺了下来。

"随你的便吧,我的小羊羔,只要你能乖乖地睡觉。"咩咩给他盖好被子,拉上窗帘,亲吻了他一下,就离开了房间。

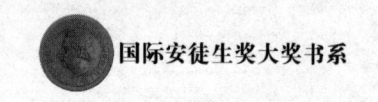

第十三章 神奇的大钟

有一天,安东尼被送去跟汉娜姑奶奶一起住,汉娜姑奶奶住在威尔斯城。

"这其实不太像个城市。"到了那儿,安东尼说。确实如此。威尔斯更像一个美丽的大村庄,不过那里倒是有座漂亮的大教堂,还有一所供主教居住的宅邸。宅邸周围是一圈护城河,里面有大大小小的天鹅游来游去。可是这里的街道跟村子里的没什么两样,大教堂的绿地也跟村子里的绿地很像,也许只是每样东西都比小村庄里的稍大一些,也稍稍漂亮那么一点点。大教堂把一种宁静洒在绿地上,那宁静似乎是从尖塔的石头里散发出来,轻轻落在周围那些屋顶上的。大教堂的一对尖塔本身,就像两座巨大的管风琴,琴管是蓝色的,每当安东尼看着它们,都仿佛能听见悦耳的琴乐声。除此之外,大教堂还有安东尼见过的最神奇的大钟,就像一个让孩子高兴的特殊玩具。

万花筒

大钟有两面,一面在教堂里,一面在教堂外。教堂外的那一面朴实无华,但顶上站着两个穿盔甲的、骑士模样的人,他们中间悬着两个铃铛。每小时四次,他们举起手中的战斧,击打铃铛,报响一刻钟。安东尼呆呆地看着它们,简直如痴如醉。

"两个骑士总是这么做吗,汉娜姑奶奶?"他问。

"总是这么做。你不能叫他们骑士,要叫他们四分杰克。"

"四分杰克从来不睡觉吗?"

"当然不睡。他们要醒着尽自己的责任。希望你也能尽自己的责任,安东尼。"

"你和汉娜姑奶奶住在一起时,会做一个乖孩子的,是吗,安东尼?"妈妈温和地说。她很快就要开车离去,把安东尼这么一个小小的孩子留在这里,跟这么一个老太婆待在一起。

安东尼点点头,表示他会做个乖孩子,妈妈似乎明白他的意思,她一向都是理解他的,可是汉娜姑奶奶说:"点头是不礼貌的。亲爱的,好好回答你妈妈的问题。"于是,安东尼说:"好的,妈妈。"妈妈捏了捏他的手,汉娜姑奶奶又说:"这还差不多。"似乎对安东尼和她自己都感到满意了。可是安东尼忍不住猜想,他和汉娜姑奶奶住在一起时,会有哪些责

93

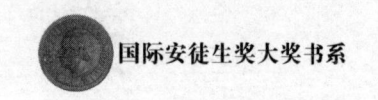

任呢?他其实并不清楚责任是什么,只希望不会要求他像必须醒着敲钟的四分杰克那样,永远不能睡觉。

后来,姑奶奶带他去了大教堂,他从里面看见了大钟,发现比外面看起来要神奇一千倍。里面的钟面是由星星、太阳、月亮以及一天的二十四小时组成。四个角上有四个带翅膀的天使,稳住天合四方,中间是圆圆的地球,由中心的一朵玫瑰花固定。太阳环绕钟面,显示钟点;星星环绕钟面,显示分钟;一道弯弯的月亮指出每个月的日期。然而大钟的奇妙还不止于此。它的顶上矗立着一个小小的尖塔,整点钟时,会出现四个骑士,绕着尖塔奔跑,两个往这边跑,两个往那边跑,互相凶猛地拼杀,其中一个倒了下去。他站起来,又被撞倒!又起来!又倒下!哦,天哪。

"第四个骑士总是被撞倒吗,汉娜姑奶奶?"安东尼问。

"总是被撞倒,亲爱的。"

"为什么呢?"

"我想他是罪有应得吧。"

"他做了什么呢?"

"不关你的事。"汉娜姑奶奶说着噘起了嘴唇。

安东尼忍不住地想,那个骑士肯定做了什么特别恶劣的事,汉娜姑奶奶没法告诉他。

奇妙之处还没有说完呢。再往前一点,在墙上的一个壁龛里，坐着一个纯木制作的杰克·布兰迪少爷。他那两条彩色的腿耷拉着，手里拿着两把锤子，面前挂着一个铃铛。每过一刻钟，杰克·布兰迪的脚后跟就会弹起来，对着铃铛踢两脚。钟到半点时杰克·布兰迪踢四次，三刻钟的时候会踢六次，到了整点，他就对着铃铛踢八次，然后用锤子敲响钟点：九点钟、十点钟，如此等等。那天安东尼没有看见杰克·布兰迪做所有这些事情，但他和姑奶奶住在一起的那些日子，经常偷偷溜进大教堂，看杰克·布兰迪踢铃铛、敲钟点，还有那些骑士冲出来打架，四分杰克在外面击打铃铛，太阳、星星和月亮都按自己的速度绕着钟面移动，中央的那朵玫瑰花把天空和地球固定在一起。

"那个大钟是上帝做的吗？"安东尼问。

"我的天哪，不是，孩子！"汉娜姑奶奶说，"亏你真想得出来！那个大钟只有五百年历史，是一个修道士建造的。"

"那个修道士叫什么名字？"

"彼得·莱特福特[①]。"

安东尼盯着那些移动的金色星星，问："他是用脚建造大钟的吗？"

"小孩子不许问愚蠢的问题。"汉娜姑奶奶说。

[①]莱特福特（Lightfoot）的原义是"带亮光的脚"，所以安东尼有此误会。

安东尼疑惑地看着妈妈,妈妈微微摇了摇头。安东尼的眼神是问:"这是个愚蠢的问题吗,妈妈?"妈妈的摇头是说:"不,亲爱的,不是的。"他们谁也没有把话说出来,安东尼原以为汉娜姑奶奶会对妈妈说:"摇头是不礼貌的!"然而她没有,而且,即使她看见安东尼的妈妈摇头,肯定也会认为那是冲安东尼摇头,因为安东尼表现得像个小傻瓜。

　　妈妈开车回去前,陪安东尼在主教宅邸的花园里散步,他们绕着护城河走,看见了雪白的天鹅带着它们的灰色小天鹅。在这里安东尼又目睹了更多的奇观。就在他注视的当儿,一只天鹅游到从护城河一侧垂下来的一根绳子旁,用嘴叼着绳子拉了拉。绳子摇响了顶上的一个铃铛,一只篮子侧翻了,里面满满的食物都倒进了水里。听到铃铛响,所有的小天鹅都贪婪地游了过来,白天鹅在它们中间就像一朵大大的睡莲,不一会儿,它们就都狼吞虎咽地吃开了。

　　"哦,妈妈!"安东尼喊道,"天鹅像你一样,会拉响吃饭的铃铛!"

　　"是啊,"妈妈笑着说,"小天鹅们兴冲冲地跑过来,跟你一模一样!"

　　过了一阵,妈妈就开车回去了,离开前她又一次用胳膊搂住安东尼,说道:"亲爱的,做一个快乐的孩子。等爸爸好一些,你就回来。"

"好的。"安东尼说,他相信,在一个像童话里的仙境一样的地方,他不可能不是快乐的孩子。因此,他看着妈妈开车离开,只感到有一点点别扭,并不怎么难过。

可是那天夜里,安东尼躺在床上,却感觉自己并不是个快乐的孩子。因为,黑夜中的一张床就是黑夜中的一张床,外面有多少神奇的大钟,有多少天鹅拉响开饭的铃铛,其实都不重要。真正重要的是有谁在隔壁、在楼下、在楼上。而此刻在隔壁的不是自己的妈妈,甚至也不是咩咩,而是汉娜姑奶奶,安东尼跟她还不怎么熟悉呢。

因此,安东尼睡不着了,怎么努力也不行,虽然忍了又忍,三颗泪珠还是从面颊上滚落下来。没等第四颗泪珠冒出来,他突然听见床边有一个人在说话,虽然刚才并没听见地板上有脚步声。

"安东尼,"那个人说,"快来尽你的责任。"

安东尼抬起眼,看见一个高高瘦瘦的修道士站在他的床边。修道士身穿长长的褐色袍子,腰间系着绳子,兜帽后面露出他和善的目光。

"什么是我的责任?"安东尼问。

"我的大钟坏了,你能帮我把它修好吗?"

"我可以看见内部零件吗?"安东尼问。

"可以。"修道士说。

安东尼立刻从床上起来,跟在修道士身边走出房间,走下楼梯,出门朝大教堂的绿地走去。没有人看见他们或把他们拦住,安东尼注意到他的同伴走路时一点声音也没有。安东尼看不见他的脚,因为修道士的袍子很长,但袍子底下照射出一道金光,似乎他是在光里行走。

他一定有双金色的脚,安东尼想。于是他大声问道:"你是叫彼得·莱特福特吗?"

"我是叫这个名字。"修道士说。

"是你造了那个神奇的大钟。"安东尼说。

"是的,现在我必须把它修好,因为它坏了。"

"是谁弄坏的?"

"是骑士们作战时弄坏的,他们打得太厉害了。他们说,其中一个骑士总是想把大钟弄坏,他们就出来阻止他,可是战斗太激烈了,结果地面开裂,太阳和星星都熄灭了。你往下看。"

安东尼低头看去,大钟的一个钟面躺在地上。看上去比它在大教堂里时还要大一千倍。

"现在,你往上看。"彼得·莱特福特说,安东尼抬头一望,发现大钟的另一个钟面在天空上,那么大,那么圆,把星星都遮住了。钟面一片漆黑,地上的钟面也一片漆黑,安东尼看见的唯一的亮光是从修道士脚上、从地上那个钟面的

玫瑰花花心里散发出来的。

"太阳在哪里？"安东尼问。

"熄灭了。"

"星星呢？"

"被毁掉了。"

"月亮呢？"

"已经破碎。"

"可是玫瑰花还在。"安东尼说。

"是的，"彼得·莱特福特说，"玫瑰花永远都在。"

然后安东尼问道："那些骑士、四分杰克和杰克·布兰迪在哪儿呢？他们也被毁掉了吗？"

"没有。他们在自己的位置上，等待大钟修好，以便时间继续向前。在那之前，他们无法动弹。"

"可是到那时候，骑士又会打斗，又会把钟弄坏。"

"是的，会坏许多次。"彼得·莱特福特说。

"你总是要把它再修好吗？"

"是的，也是许多次。"彼得·莱特福特说。

"现在就修吧，"安东尼急切地说，"让我看看内部零件！"

"内部零件在这里。"彼得·莱特福特说着，伸出一只手，取走了安东尼面颊上的三颗泪珠。他把第一颗放在钟面上月亮显示日期的地方，把第二颗放在太阳显示时辰的地方，把第三颗放在星星显示分钟的地方。然后,他踏上钟面,一圈一圈地走,从边缘到中心,凡是他踩过的地方都散发出金色的光芒。走到正中央,他站住了,在安东尼眼前越变越高、越变越高,最后脑袋到了天上,他把另一个钟面取下来,两个钟面飞到一起,合二为一。这时,安东尼听见大教堂的两个尖塔传出响亮的管风琴的音乐,看见自己的三颗泪珠变成了太阳、月亮和星星,它们把他照亮,同时以各自的速度绕着地球中心的玫瑰花移动。

"钟修好了,"彼得·莱特福特说,"我把它放回大教堂。安东尼,你回床上去吧。你已经尽了自己的责任。"

第二天吃早饭的时候,汉娜姑奶奶说:"你睡得好吗,安东尼?"

"不好,姑奶奶,我一晚上都没睡。"安东尼高兴地说。

"小孩子不可以说谎话。"汉娜姑奶奶说。

"我真的没睡。"安东尼说。

"那你可真是够淘气的。你整夜醒着,在做什么呢?"

"我一直醒着,尽自己的责任,"安东尼说,"就像神奇的大钟里的四分杰克一样。"

汉娜姑奶奶严厉地盯了他一眼,想看看他是不是在顶撞自己,可是安东尼看上去那么高兴,姑奶奶便闭上嘴,什么也没说。

第十四章　修道院院长的厨房

安东尼在威尔斯的汉娜姑奶奶家住了一段时间，回家之前，姑奶奶带他到格拉斯顿伯里去看那座老修道院的遗迹。对于一个小男孩来说，没有什么地方比那里更可爱、更适合游荡了——墙壁、拱门、雕着各种复杂图案的石柱，这些东西有的完整，有的残破，有的上面都生出了野草。短短的台阶通向上面或下面的小屋、密室以及一些隐秘之处。那些小小的豁口能让你瞥见或者窥探谁也不知道的地方。所有这一切都矗立在一大片绿茵茵、平坦坦的草地上，让你忍不住想撒开腿跑。可是安东尼跑不起来，因为汉娜姑奶奶一只手拉着他，另一只手拿着一本小书，书里写的都是安东尼不想知道的东西。可是，汉娜姑奶奶还是硬要让安东尼走在她身边，一边看着书给安东尼讲解：他们现在是在圣约瑟教堂，现在到了埃德加礼拜堂，这肯定就是1825年发现的神圣井。安东尼一直想往这儿跑、往那儿跑、往各个地方跑，他

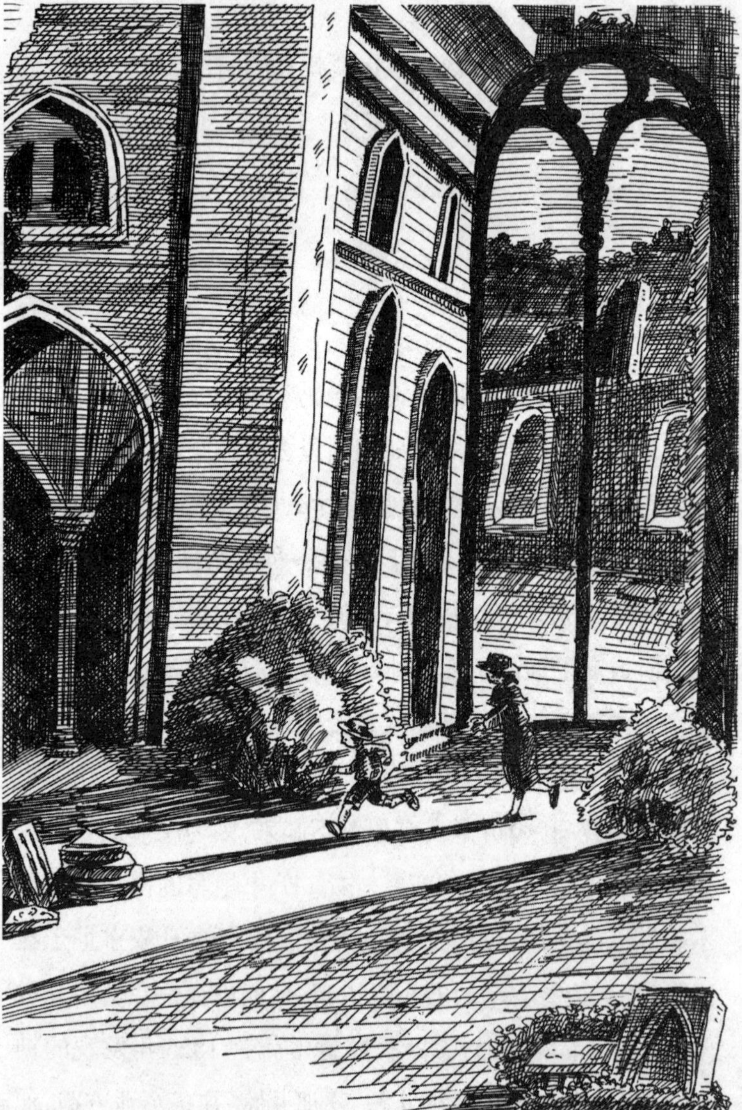

特别想顺着那些最破烂的楼梯,跑进那些最黑暗的角落。可是汉娜姑奶奶把他抓得更紧了,说道:"别去那下面,安东尼。别使劲往前跑,亲爱的。等参观完了,我带你去看修道院院长的厨房,然后就让你吃茶点。"

"我们是在修道院院长的厨房里吃茶点吗?"

"不,当然不是。现在已经没有修道院院长了,那个厨房已经几百年没有人在里面做过饭了。"

安东尼尽量不让自己感到失望,可是他忍不住纳闷,没有人做饭的厨房还有什么用呢?汉娜姑奶奶领他走出修道院废墟所在的场院,顺着一条路走向一片田野,修道院院长的厨房就孤零零地矗立在这儿。这真是一个非常奇怪的厨房,安东尼想,它像一个大大的蜂巢,墙上有尖尖的窗户,屋顶像个球果,顶上有个小小的钟楼。可是厨房的门关得紧紧的,他们进不去,倒是有一个通知,叫你到某一条街上去找某一座房子,钥匙就放在那儿。

"哦,天哪,天哪,真是烦人。"汉娜姑奶奶说,"我们没时间那么做了,但我会把书里写的念给你听,然后就到镇上去找一家茶馆。"

安东尼不得不忍住更多的失望,汉娜姑奶奶告诉他,这个厨房是惠廷院长或布莱顿院长或钦诺克院长建造的,具体是谁,没有人能搞清楚。厨房里有四个炉子,每个都大得

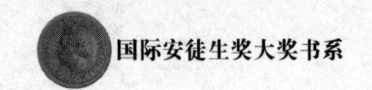

能烤一整头牛，钟楼里有口大钟，召唤着穷人们来接受救济。"

"接受什么？"

"估计是一些残羹剩饭吧。"汉娜姑奶奶说，"好了，你已经都看清楚了，现在该去吃茶点了。"

汉娜姑奶奶转过身，安东尼小跑地跟着，有点不情愿地落在后面，不住地回头去看那个厨房。他的腿脚一直不太有劲儿，此时已经开始感到疲倦了。医生时不时地来看他，有一次说："哎呀，哎呀，多可怜的小瘦腿！必须多吃点布丁，安东尼，让它们变得壮壮的。"从那以后，每当妈妈问他要不要再来一份他不太喜欢的布丁，安东尼总是问："是壮腿布丁吗，妈妈？"如果妈妈回答："是的，是壮腿布丁！"爸爸眨眨一只眼睛，安东尼就会把盘子再递过去，多吃几口。因为他特别渴望有双结实的腿，像贝蒂·道斯那样。然而此刻，他跟在汉娜姑奶奶身后，感觉两条腿软得就像很长时间没有吃布丁了似的。

不一会儿，他们经过一条街，从街名看，就是厨房钥匙所在的那条街，可是汉娜姑奶奶根本没有留意，径直走了过去，安东尼在后面落得更远了。他们又往前走了一段，来到一个卖奶油和蜂蜜的小店，汉娜姑奶奶说："亲爱的，我想买个蜂巢回家。"就径直走了进去，也没有回头看看。她刚进小

店，安东尼就掉转身，走到了厨房钥匙所在的那条街。

　　从一座房子里出来了一小群人，领头的是一个穿黑大衣的小个子男人，手里拿着一把大钥匙。安东尼等他们走到他面前时，就跟他们一起往前走。没有人特别注意到他。这些人互相都不认识，他们刚才聚集在钥匙保管员的家里，等他觉得人数够了，就带他们去参观厨房。他们没有互相交谈，也没有互相打量，即使某个女人碰巧看了一眼安东尼，也以为他是另一个女人的孩子，所以并没有过问。就这样，安东尼一路顺顺当当地回到了修道院院长的厨房，小个子男人用大钥匙打开房门，他们便一起走了进去。安东尼从没见过这么奇怪的厨房，一间空空荡荡、光线昏暗的大房间，有八面墙，一个拱形的屋顶，屋顶上面还有一个橡果形状的小圆顶，那些窄窄的尖顶窗户太高了，没法透过它们往外看，那四个开放式的、上面带罩子的大炉子，每个里面都像一个小房间。没有做饭用的大锅小锅，没有吃饭用的桌子、椅子和盘子、勺子——而且根本看不见任何可以吃的东西。

　　可怜的修道院院长们拿什么做晚饭呢？安东尼想。肯定不止这些东西！他悄悄走进一个大炉子，抬头朝烟囱里望，他听见叽叽喳喳的鸟叫，却看不见小鸟。他使劲盯着看啊看，想看见那些小鸟，可是连影儿都没有。等他从黑黢黢的炉子里出来时，厨房里只剩下他一个人，门也被锁上了。

起初，安东尼不肯相信。他用各种办法想把门弄开，却都无济于事。后来他朝那些窗户跑去，可是它们比他的头顶还高呢，而且不是那种让人钻出钻进的窗户。于是，他喊了起来，声音细细小小的，像他的小瘦腿儿一样打着战。

"汉娜姑奶奶！汉娜姑奶奶！"安东尼喊道，他被孤零零地锁在修道院院长的厨房里了。其实汉娜姑奶奶并没有跟他们一起参观厨房，而且远在某个茶馆里，根本就听不见。过了一会儿，安东尼不再喊"汉娜姑奶奶"，而开始叫"妈妈，妈妈"。"啾啾！啾啾！啾啾！"烟囱里的小鸟叫道，这是安东尼得到的唯一的回答。他开始感到非常孤单，昏暗的老房间现在几乎是漆黑一片了。于是他钻到自己刚才进去过的炉子里，缩着身子跪在那儿，抬头寻找亮光，倾听鸟儿们的声音。

他不知道自己在那儿跪了多长时间，后来突然听见一个声音，似乎有人在厨房里活动。他探头一看，果然，一个瘦精精的、穿灰色长袍的身影，从右边的炉子里走了出来。他手里抓着一个特别大的平底锅。安东尼还没来得及把他打量清楚，左边的炉子里又传来动静，从里面走出一个魁梧结实的、穿褐色袍子的身影，手里拿着一个大大的烤肉叉。

"哟，钦诺克院长，"褐衣人对灰衣人说，"今晚你赶在我前面了。"

"不错，布莱顿神父，"灰衣人对褐衣人说，"我一向都是如此，因为这个厨房是我亲手建造的，在我之前没有别人。"

"这你可就说错了，钦诺克院长，"褐衣人强硬地回答，"虽然有人这么说、有人那么说，但当年是我建了这个厨房，在那之后整整三十年，你才当上院长。"

"人们爱说什么就说什么吧，布莱顿院长。"灰衣人尖锐地回敬道，"但事实就是事实，石头就是石头，早在我放下这个厨房的第一块石头时，你已经被石头埋了整整四十年了！我用我的平底锅起誓，绝对是这么回事！"

"我用我的烤肉叉起誓，你说的都是谎言！"粗壮的褐衣人喊道，一边把烤肉叉高高举在空中，用它威胁瘦精精的灰衣人，而钦诺克院长也用自己的平底锅向对方示威。

"二位院长，二位院长！"第三个声音喊道，"真是丢脸！注意秩序，好院长们！如果你们都不能维持秩序，还有谁能做到呢？"从安东尼对面的那个炉子里，走出一个既不胖也不瘦的人，穿着一件雪白的长袍。他右手端着一个特别大的铁锅，左手拿着一个很气派的木勺。

"欢迎你，惠廷院长！"褐衣人说，"你言之有理。这是我的厨房，我要维持秩序。"

"说得不错，"惠廷院长说，"这是你的厨房，也是他的厨房、我的厨房。不管这厨房是谁建的，是后来所有人的辛勤

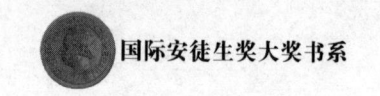

劳动才使厨房保持温暖、发挥作用。所以,我们都开始干活吧,在我们的厨房里做菜做饭,不然今晚就没有食物给那些饥饿者了。"

说着,他挽起白色的袖子,布莱顿院长挽起褐色的袖子,钦诺克院长挽起灰色的袖子。他们每人都开始在自己的炉子里生起一堆旺火,用的是他们从阴影里滚出来的巨大的圆木头。炉火燃起来后,钦诺克院长在火苗上晃动他的平底锅,安东尼看见锅里堆满了扁扁的面饼子,院长把面饼子不断翻来翻去,让它们变熟。一批面饼子烤好了,就把它们堆在炉边的石头上,让它们冷却。接着,就像变魔术一样,空空的平底锅里又堆满了一批新的面饼子,他又以同样的方式把它们烤熟。

布莱顿院长把他那庞大的烤肉叉固定在自己的炉子前,叉子上出现了一头公牛,院长把牛整个儿地烤着。他用强壮的胳膊转动着烤肉叉,似乎永远不会疲倦,时不时地,他在烤牛上涂一层油,最后,牛的每一面都被烤得焦黄、油亮,颜色就像刚从刺壳里跳出来的栗子一样。

这时,安东尼把注意力转向惠廷院长,只见他把那口大锅直接挂在炉火上方,站在那里用木勺搅拌锅里的食物。锅里是什么呢?安东尼看不见,但知道肯定是美味诱人的东西。从惠廷院长的锅里冒出了香喷喷的热气,安东尼从没闻

过这么香的味道。

哦,这顿漂亮的晚餐是给谁做的呢?安东尼觉得自己肚子里好空啊,他简直无法忍受面饼子、烤肉和炖砂锅的美妙香味。然而他蜷缩在自己的大炉子里,不敢出来,因为他知道自己没有权利待在这个地方。

最后,布莱顿院长用袖子擦了擦汗津津的脸,说:"我的牛烤好了。"

"我的面饼做好了。"钦诺克院长说。

惠廷院长说:"我的砂锅炖好了。我们把桌子摆上,把铃铛摇响吧。"

接着,安东尼看见一张圆圆的橡木桌子竖在房间中央,桌子上方从天花板上垂下一根长长的绳子。三位院长把盘子摆放在桌面各处,差不多都摆满后,惠廷院长拉动了绳子。顿时,高高的屋顶上响起了铃铛声,安东尼只能隐隐约约看见那个摇动的铃舌。

"这是给穷人吃的,"他想,"不知道穷人会从哪儿来。"

就在他疑惑的当儿,突然一大片翅膀扑将下来,把他撞得差点喘不过气。从他这个炉子的烟囱里扑啦啦地飞下一大群鸟。那些柔软的羽毛,褐色的、白色的、灰色的,朝他劈头盖脸地扑来,就像被大风刮出来的烟囱里的煤灰。各种各样的鸟都来了——燕子、燕八哥、紫崖燕、麻雀、猫头鹰。安

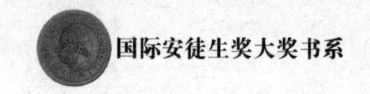

东尼尽量把自己缩得很小很小,一动不动地坐在那里,直到最后一只鸟也飞到桌上,栖在一个盘子边缘。只有四个盘子还空着,分别对着厨房里的四个炉子。

接着,钦诺克院长拿来他的那堆面饼,把它们分放在鸟儿面前的盘子里。可是没有一只鸟用嘴去啄一点饼屑。

接着,布莱顿院长把肉切成薄片,放在钦诺克院长和惠廷院长的盘子里,最后放在自己的盘子里。可是没有一位院长把一丝肉放进嘴里。

接着,惠廷院长搅拌着锅里美味的食物,看着安东尼炉子面前的那个空盘子,等待着。安东尼暗自纳闷,这个盘子会是谁的呢?惠廷院长看到没有反应,就从锅里舀了几大勺食物盛在盘子里,安东尼不得不使劲捏住自己的鼻子,挡住那股香味,不然准会跑过去大快朵颐,不管那盘子是谁的。他不明白那个幸运儿为何还不出现。惠廷院长看到没有人来,就把盘子里的食物倒回了锅里,然后用慈祥的声音说道:"谁要再来一份布丁?"

"是壮腿布丁吗?"钦诺克院长像一个小男孩似的问。

"是的,是壮腿布丁!"布莱顿院长说着,眨了眨一只眼睛。他是冲着炉子里的安东尼眨眼睛的。

于是,安东尼终于知道那个盘子是谁的了,他从炉子里出来,惠廷院长再次给他的盘子里盛满了壮腿布丁。然后他

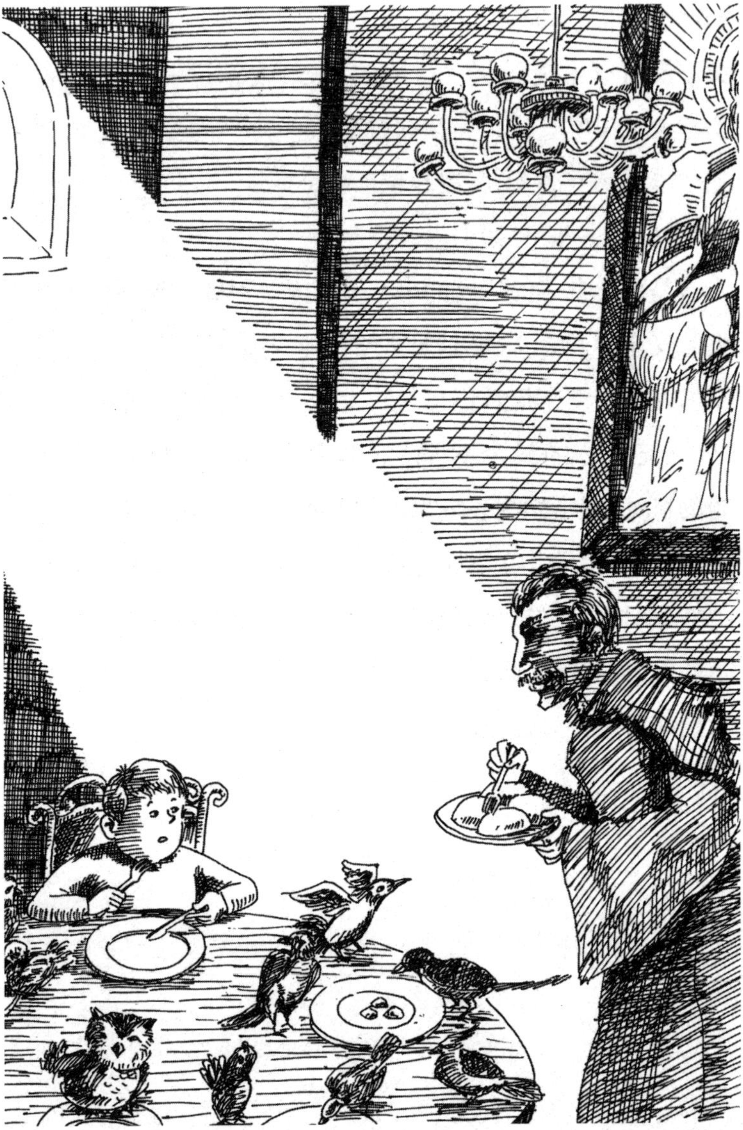

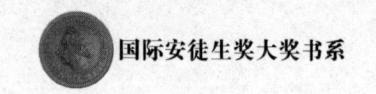

们都站在自己的位置上,听小鸟们唱谢恩祷告。唱完以后,大家围着桌子坐下,小鸟、三位院长和安东尼一起吃晚饭。安东尼从没吃过这么美味的布丁,他吃了一盘又一盘,觉得腿里越来越有劲儿,眼皮却越来越沉重。

"他在这儿。"一个声音说。

是那个拿着大钥匙的小个子男人的声音。他站在炉子里的安东尼面前,汉娜姑奶奶站在他身边,后面的阴影里还有另外几个安东尼看不真切的人影。那几位院长呢?

"安东尼,你这个不听话的小孩子。"汉娜姑奶奶说,听她的口气,似乎她想表现得严厉一些,可是发出的声音却有点打战,就像鸟儿在唱谢恩祷告时的声音,安东尼想。于是他伸出双臂,让姑奶奶把他抱出去,当姑奶奶抱着他走出修道院院长的厨房、来到外面的暮色中时,他相信汉娜姑奶奶肯定能够维持好这里的秩序。

第十五章　安东尼走去上学

后来,安东尼要到巴斯城里去念书,学习"小花,小草,小姑娘"。他一般是早上步行去学校,中午在那里吃饭,下午妈妈经常坐狗拖车去接他。如果天转冷了,妈妈就给他带一件大衣。冬天,天气非常冷的时候,安东尼早上穿着大衣,妈妈傍晚时还要给他再带一件,因此,安东尼出门时穿一件大衣,回家时穿两件。后来安东尼渐渐长大了,妈妈不再每天都接他,放学后他就自己步行回家。有时他一路走回家,有时会在半路上碰到狗拖车。

对一个小男孩来说,走路进城要花很长时间,可是农村孩子对走远路早已习以为常。安东尼很少觉得单调乏味,除非在累了的时候。路是熟悉的,但总是有新东西:那些篱笆里总有可看的新玩意儿——鸟窝、黑莓或一种他喜欢收集的特殊的蜗牛。走过篱笆之后,还有一些对他来说很重要的房子、店铺和小木屋。有一座房子不像他们家的那么旧,带有一个装饰性阳台，前面整洁的花园里还有一棵树，有一段时间安东尼觉得这是世界上最令人羡慕的住处。院子里有蒲苇，假山庭院里有个池塘，上面架着一座灰泥粉刷的小桥。花样复杂的阳台肯定意味着住在房子里的人是浪漫和快乐的。那棵树看起来跟他非常熟悉的英国树种完全不同，怪模怪样的，有可能来自任何地方——印度的某座丛林、亚马孙的某处原始森林、太平洋上的某个小岛。难道没有狮子在它下面吼叫，没有花花绿绿的鸟儿在它的枝叶间栖息吗？安东尼走过这座花哨别致的房子时，经常看见一只花纹老虎拖着白肚皮在徘徊，树干上盘绕着一条色彩斑斓的蟒蛇，树梢上栖息着许多蜂鸟和火烈鸟。

接下来是另一座小木屋，带有一个低矮的披屋，就在披屋的屋顶下有两个小小的洞眼，像鸽子窝一样。安东尼从没见过鸽子从洞眼里飞进飞出，但每次经过总忍不住这样希望。也许有一天……

接着是那家旧货店，橱窗里摆满了各式各样的旧货，其中有一盏巡夜灯是红色的，很大，是警察或夜盗都能用的那种。安东尼多么想得到那盏灯啊！如果有了它，生活里还有什么事办不到呢？还有什么东西不能被发现？还有什么人不能保护？他经常在妈妈面前念叨那盏古旧的巡夜灯。

还有那个面包店，安东尼每天可以进去一次要一个面包,不用付钱。他开始自己走路上学后,妈妈就找面包店的老板娘做了这个绝妙的安排。这样,万一安东尼走回家的时间晚了,感到肚子饿,就能在路上有点东西充饥。那可真是一种很气派的感觉,不管口袋里有钱还是没钱,你都能大摇大摆地走进一家摆满了馅饼、蛋糕和糖果的商店,开口说一句:"博登太太,请给我一个小圆面包。"面包店老板娘就会二话不说地让他自己拿,就好像他是店里的老板似的。确实,当他踏进店门时,经常感到自己就是店老板,气派非凡,不是一般人物,他漫不经心地四下里扫一眼,才决定在他的这么多宝贝中间挑选一件。是吃那个带有厚厚锯齿边的大柠檬馅饼呢?还是把一个装满五颜六色糖果的玻璃罐子整个儿端走?或者,干脆今天就要那个样品婚礼蛋糕吧?那个蛋糕有整整三层高,顶上是一瓶鲜花,美丽得简直令人无法想象,在很久很久以前就放在商店的橱窗里了。不用说,总有一天,他会选择那个婚礼蛋糕,可是今天,怎么说呢?总之,今天——

"请给我拿一个小圆面包,博登太太。"

接下来,还有那个带椭圆形窗户的房子。

那个带椭圆形窗户的房子不在巴斯城,也不在安东尼所在的那个村子。它在两地之间的某个地方,孤零零地矗立在那儿,只有一道栏杆把它跟道路隔开。那是一座方方正正的房屋，像个木箱子，上面覆盖着厚厚的爬山虎，就在屋檐之下，有一个椭圆形的窗户，就像妈妈照相簿里的一页。对安东尼来说，照相簿是一个快乐的源泉。他特别喜欢慢慢地翻动那些厚厚的、贴满照片的纸页，有的页面有四个方方的开口，可以放一些小幅照片；有的页面只有一个椭圆形开口，只放一张大幅照片。这些重要的页面都做了装饰，在椭圆形周围印有一些花卉图案。它们是照相簿的豪华页面。安东尼很小的时候，妈妈为了哄他高兴，经常抱着他，把照相簿摊在膝盖上，告诉他照片上那些人的名字，爷爷奶奶、外公外婆、叔叔姑姑、舅舅姨妈、表哥表妹，还有一些老朋友。时不时地，照片上的某个人会从照相簿中走出来了，到家里来做客，从那之后，这个人在照相簿里的照片看上去便会略有不同。这张照片是妈妈小的时候，那张是爸爸上小学的时候；这张是汉娜姑奶奶年轻的时候，戴着一条细毛披肩，这张是坎提尔先生，留着连鬓胡子，衣冠楚楚，有点儿像个花花公子。安东尼猜想，如果照片再往下拍一些，肯定能看到坎提尔先生穿着的丝绸袜子。坎提尔先生有时到安东尼的父母家小住，他的袜子总是纯丝绸的，炫耀着他那像女孩子那样曲线玲珑的脚踝。坎提尔先生习惯抖动裤腿，展示自己的脚踝，即使他不这么做，你也会忍不住注意到他的袜子，安东尼对它们由衷地赞叹。一天，他听见爸爸妈妈在谈论坎

提尔先生和他的袜子,妈妈说从没见过那么精美的东西。"真想不出来他是从哪儿弄到的。"妈妈又加了一句。

"坎提尔先生的袜子是从哪儿来的,爸爸?"安东尼问。爸爸拉拉他的耳朵,回答道:"他在法国南部有个蚕宝宝,专门给他做袜子。"

每当安东尼看到照相簿里坎提尔先生的照片,这种想法都会使这张照片别有一番风味。

接下来是年迈的德赖斯代尔先生的照片,他是来自牛津的一位大学者,对但丁的作品倒背如流,还去过印度,他不管上哪儿都要正装打扮,非常考究,即使到安东尼家来吃一顿晚饭也不例外,其实安东尼家人是很少穿正装的。安东尼的爸爸说,这是一种终生的习惯,不管遇到什么情况都不会被打破。

"他一辈子都是这么做的吗,爸爸?"

"从一岁之后就是这样。"爸爸回答,后来穿着小礼服套装喝完最后一瓶睡前酒。

"如果他忘记了会怎么样,爸爸?"

安东尼的爸爸认为,如果那样,准是天塌下来的日子。爸爸还说,即使天塌下来,德赖斯代尔先生肯定也会保证让它立刻回归原位。这位注重小节、言辞刻薄、霸道强势的老学者,一副贵族派头,头脑绝顶聪慧,他的学问可不是耽于空想,而是对生活中的实际事务的高度掌控。没有一个细节能逃过他的观察,或能被他轻易地放过。如果他需要告诉某家酒店的经理,酒店服务有哪些做得不到位的地方,那么可以百分之百地肯定,在德赖斯代尔先生离开之后,那家酒店从此在那一方面绝对是无可挑剔的了。完成他的指责之后,他经常对同伴说:"我亲爱的孩子,这样就会让世界变得比先前更好一些。"

安东尼对这位了不起的学者充满敬畏,他总是安安静静地坐在小板凳上,听爸爸和德赖斯代尔先生谈话,暗自希望他们别再谈论但丁,而开始聊一聊中国。因为德赖斯代尔先生曾经"上过"珠穆朗玛峰,身边带着一个力巴,安东尼起初以为力巴是一条狗,后来才知道不是。德赖斯代尔先生来过家里之后,安东尼每次看到他的照片,都忍不住想到他站在珠穆朗玛峰顶上,后面跟着一个黑黑的小男孩,替他拎着装西服的篮子。吃饭时间一到,德赖斯代尔先生肯定会躲到一块岩石后面换衣服,以免天塌下来。安东尼有一次把这个想法告诉了爸爸,爸爸立刻表示赞同。

"既然德赖斯代尔先生来看我们时都要换衣服,"爸爸说,"为了湿婆神当然更要正装打扮。"

看样子,湿婆神是珠穆朗玛峰的主人。

"湿婆神吃饭时穿的是正装吗,爸爸?"

"如果他不是,"安东尼的爸爸说,"你可以肯定德赖斯代尔先生不会放过这件事的。当湿婆神换上白衬衫和绒面呢西装回来时,德赖斯代尔先生会拍拍他的肩膀,说:'我亲爱的孩子,这样就会让世界变得比先前更好一些。'"

然而,照片里的大多数人,安东尼从未见过。照相簿就是那些人的家,他们在这里都有各自的房间和窗户——带四方窗户的小房间和带椭圆形窗户的大房间。

因此,当安东尼上学放学经过那座椭圆形窗户的房子时,总是凝望着窗户,期待那里会出现一张脸——他不知道会是什么样的脸——但肯定是某个旧亲戚或某个老朋友的脸,或者是某个新的、最亲爱的朋友的脸,从爬山虎叶和野花丛中镶嵌的那个椭圆形相框里往外张望。

可是窗户里总是空无一人。也许某一天……

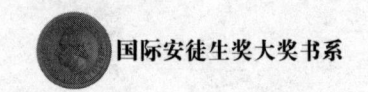

第十六章　穿两件大衣的娇宝宝

那一天的天气,一开始很冷,后来更冷。早上就是阴沉沉的,晚上更是一片漆黑。当安东尼把小大衣的扣子扣得严严实实,开始走很远的路去上学时,夜晚似乎还没有真正过去。而当他站在学校门口,看妈妈是不是坐着狗拖车过来接他时,白天却已经快要结束了。

来了,妈妈来了。这么远的路,安东尼一点也不需要自己走了。别的男孩子都不像他这样要走远路。此刻从学校大门出来的那些孩子,大多数都住在城里,只需用冰冷的双脚穿过几条街就能回家。安东尼暗自庆幸,在这个寒冷刺骨的夜晚,达夫尔能拉着他一路小跑地赶回家。妈妈从狗拖车上爬了下来。

"你的大衣呢,托尼①?噢,在你手里。快穿上吧,亲爱的,

---

①托尼:妈妈对安东尼的昵称。

你会感冒的。"

"没关系,妈妈。"当着其他男孩子的面,安东尼装作漫不经心的样子。他们都那么喜欢管别人叫娇宝宝。安东尼开始穿大衣,妈妈替他把大衣在肩头抻平,把上衣的袖子顺着胳肢窝塞进去。在这么多同学面前,安东尼真希望妈妈别这么做。就好像他是个很小很小的孩子,什么事都要别人替他做似的。

"好了!"妈妈说,"现在再把这件穿上,亲爱的。"妈妈从狗拖车里又拿出了一件大衣。这还是第一次发生这种事——旁边两个男孩子咯咯笑出了声,安东尼羞红了脸。

"我不想穿,妈妈。"他嘟囔着。

"要穿,亲爱的,一定要穿。你不知道今天晚上坐车会有多冷,你必须把它穿上。我敢说明天肯定会下雪。"

安东尼扭扭捏捏地不肯穿,可是没用。当着他们所有人的面,妈妈硬是把第二件大衣套在了第一件外面。这使安东尼感到鼓鼓囊囊的,很不舒服,但让他讨厌的还不是这个,他感到最受不了的是那些男孩子看见妈妈把他当娇宝宝呵护时发出的讥笑声。妈妈似乎根本没注意到这些讥笑,只管替安东尼掖好袖子,把围巾裹在他的脖子上,最后安东尼感觉自己像个鼓鼓的小包裹,看上去也是如此。他爬上狗拖车,妈妈用毛毯包住他瘦小的双腿,他听见那些男孩子开始

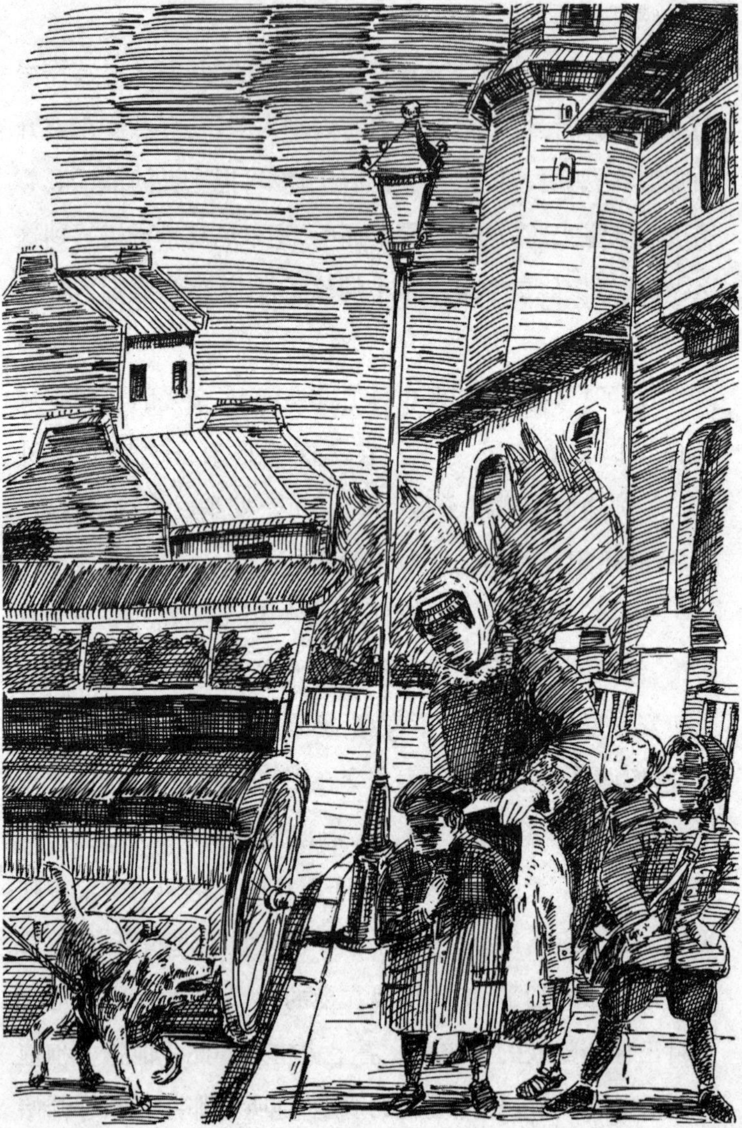

说闲话了:"妈咪的娇宝宝!穿两件大衣的娇宝宝!穿两件大衣的娇宝宝!"

妈妈停下来,瞪着那些男孩子,他们不作声了。然后妈妈一声吆喝,达夫尔就潇洒地小跑起来。安东尼又暖和、又别扭地挨在妈妈身边坐着,恨不得小狗跑得再快一些。他羞愧得抬不起头来,没法原谅妈妈这么做。他宁愿在回家的路上活活冻死。他知道明天学校里会闹成什么样,可妈妈不知道。哦,妈妈怎么能这么做呢?她应该知道的呀。

到家后,他不愿跟妈妈说话。妈妈搀扶他下车,进了温暖的门厅,妈妈想帮他脱掉大衣,可是安东尼身子一扭,挣脱了妈妈,自己把那两件可恨的大衣脱掉了。从吃晚饭到上床睡觉,他一直都在生闷气。爸爸在看书,似乎没有注意到有什么不对。妈妈没有表示异议,也没有做什么事把注意力吸引到安东尼身上。时不时地,她会说一两句亲切的话,提出要陪安东尼玩游戏,或叫安东尼帮她拿这拿那。安东尼极不情愿地帮她拿了东西,但不肯玩游戏。他不会原谅妈妈那么做的,永远也不会原谅。他没有跟妈妈亲吻、道晚安就上床了。

躺在床上,安东尼听见妈妈进来了,他假装睡觉。妈妈走进房间,站在床边,说道:"亲爱的托尼!"安东尼没有回答。"晚安,托尼!"不,他不会回答的。"可怜的托尼!"妈妈

123

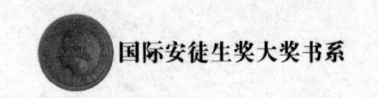

轻声说，然后吻了吻他的面颊，离开了房间。

安东尼醒了很长时间，感到难过、生气、羞愧。明天就要到来了。

明天到来了，天气阴暗、寒冷，预料中的雪还没有下。安东尼三两口吃完早饭，趁妈妈离开房间跟啦啦说话的工夫，拿着书包匆匆离开了家。他在小路上一边快步奔走，一边把书包背到身上。他担心妈妈会提议今天早晨赶车送他去学校，或坚持让他穿两件大衣去上学。他才不呢！永远不会了！他要一件大衣也不穿步行去学校。他故意把大衣留在家里，还有他的围巾和手套。他要大大咧咧地出现在学校，根本不在乎胸口和双手是不是冷。他要让他们看看！

可是，唉！他们才不关心他露在外面的脖子和冻得发红发僵的手指呢！他刚走到学校，噩梦就开始啦："穿两件大衣的娇宝宝！穿两件大衣的娇宝宝！"

学校里的每个人都知道了——他妈妈前一天晚上给他穿了两件大衣回家。安东尼明白，根据学校的传统，他已被烙上了一个耻辱的印记，一辈子也无法摆脱了。妈妈毁了他的童年。

白天过去了。一放学，安东尼就赶紧离开了学校。那种事不能再发生了，但他知道妈妈今天肯定会来接他的。天色比昨天晚上还要黑，而且妈妈准是已经发现他把大衣、围巾

和手套都留在门厅里了。

安东尼偷偷绕到学校后面,走了另外一条路,不是妈妈会走的那条路。他要穿小街小巷离开巴斯城,去往开阔的乡野,然后走乡村小路回家,那种小路是没法行狗拖车的。路程要比平时远一倍,这个季节走路很受罪,而且还会错过那个面包店,可是没关系,反正那种事不能再发生了。

妈妈赶到学校,找不到他,肯定会惊慌失措。那是妈妈活该。

安东尼怀着得意和复仇的心情,气喘吁吁地跑过小街小巷,再跑一小段路,就能翻过那道栅栏,进入旷野了。他成功地克服了那个危险。四下里没有妈妈的影子,也没有碰到会向妈妈告密的人。天已经很黑了。当他翻过第一道栅栏,在田野上行走时,雪开始下起来了。

起初,鹅毛大雪慢慢地飘落,在他的面颊上轻轻融化。可是没过多久,雪下得密集了,又过了一会儿,变成了疾风暴雪。漫天飞舞的大雪,刺得他皮肤生疼,逼得他只好把脑袋埋得低低的。大雪覆盖了所有的道路,使得他看不清地面。抬头望望,也看不到天空。他除了黑暗什么也看不见,除了寒冷刺骨的、密集的大雪,什么也感觉不到。没过多久,安东尼就迷路了。

他在田野里踉踉跄跄地乱走,所有的景物都是那么陌生，那些沟沟坎坎都是他记忆中没有的。时不时，他会碰到一些被雪压弯的陌生树篱，他相信这些树篱以前他从没见过。他失足掉进陌生的沟渠，撞在一些陌生的树上。他感到冷，感到怕，感到累，他哭了起来。哦，他多冷啊——如果穿着那件大衣该多好！哦，他多么害怕啊——如果妈妈能来该多好！哦，他多么累啊——如果他能停下脚步，躺下来该多好！

最后，他不得不躺下了，因为两条腿再也走不动了。他不知道自己躺在了哪里，就只管那么躺着，一直哭啊哭，雪还在不停地下。有时他抽抽噎噎地喊："我太冷了，我太冷了！"有时喊的是："妈妈，妈妈，妈妈！"

"可怜的托尼！"一个声音轻轻地说。太像妈妈的声音了，安东尼抬起了头。一个女人穿着一件宽大的斗篷，正朝他俯下身来。可是他不能肯定是不是妈妈，虽然模样和声音都跟妈妈很像。安东尼朝她伸出双臂，低声说道："我太冷了，妈妈，我太冷了！"

"可怜的托尼，"她又说道，"我们必须给你找一件大衣。什么大衣最好呢？"她思索了一会儿，喊道，"咩咩！咩咩！"

一只卷卷毛的绵羊在雪地上跑来："妈妈，什么事？"

"安东尼冷，想要一件大衣。"

"那就让他穿我的吧。"绵羊说着，完整地脱下自己身上的羊毛。女人把它裹在安东尼身上,说:"好了!"

"我还冷,我还冷。这不够!"安东尼哭着说。

"嘎嘎!嘎嘎!"女人说,一只野鸭从天空飞了下来。

"妈妈,什么事?"

"安东尼冷,想要两件大衣。"

"那就让他穿我的吧。"野鸭说着脱下了自己全身的羽毛。女人把鸭毛裹在安东尼身上的羊毛外面,说:"好点了吗?"

"还不够!"安东尼哭喊道。

"咕咕!咕咕!"女人说,一只鸽子从树上飞了下来。

"妈妈,什么事?"

"安东尼冷,想要三件大衣。"

"那就让他穿我的吧。"鸽子说,于是脱下了轻轻软软的羽毛。这样一来,鸭子羽毛上又添加了鸽子羽毛。"现在感觉怎么样?"女人问。

"还是不够。"安东尼说。

"哞——哞!"女人说,一头小牛从篱笆里慢慢地走了出来。

"妈妈,什么事?"

"安东尼冷,想要四件大衣。"

"那就让他穿我的吧。"小牛说着脱下了身上的牛皮。女

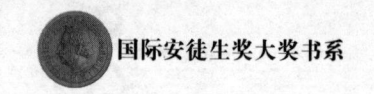

人把牛皮加在鸽子羽毛上面。"现在觉得够暖和了吗？"她问。

"差不多了。"安东尼轻声说。

"哎呀，你想要五件大衣，是吗？谁的大衣会让你觉得够暖和呢，可怜的托尼？"她的声音里同时含有歉意和笑意，她朝安东尼张开双臂，安东尼投入她的怀抱，她的斗篷落下，把安东尼包裹了起来。

终于，安东尼觉得够暖和了，慢慢进入了梦乡。

醒来时，他还在妈妈怀里，狗拖车已经快要到家了，赶车的是约翰·博登。

安东尼眨眨眼睛，茫然地看着妈妈，妈妈把他搂得更紧了，说："没事了，亲爱的，没事了。"妈妈坐着狗拖车从学校回家时，路上碰到了约翰，他们一起去寻找安东尼。后来发现他的书本散落在栅栏边，又在栅栏那边的田野里找到了安东尼。他们找他时用的灯，正是安东尼渴望了那么长时间的那盏橱窗里的巡夜灯。妈妈小声告诉他，那天下午去学校时，已经给安东尼把灯买了下来，现在这盏灯属于他了。安东尼轻声说："哦，妈妈！"觉得比刚才更暖和了。

到了家里，约翰·博登把小男孩抱进了屋，他们不得不剥去安东尼身上一层又一层的各种东西——妈妈的斗篷、一条大披巾、约翰·博登的皮马甲、安东尼自己的两件大衣，

才让他露出了自己的原形每脱一件,安东尼就数一件。

"五件大衣!"他得意地喊道,"我穿了五件大衣!"

妈妈笑了,爸爸给了约翰几个先令,请他喝了一杯热酒,咩咩匆匆忙忙跑进来,带安东尼去洗个热水澡。

"你要是能躲过一场重感冒,可算是烧了高香啦!"咩咩嗔怪道。

可是,安东尼根本不在乎是否会感冒。"我可以把我的灯带到床上去看看吗?"他问。

"可以,亲爱的。"妈妈说,而咩咩刚要说"当然不行呢"。

"灯!"咩咩哼着鼻子说,"你根本不配得到一盏灯,你这个不听话的孩子。"

"没事没事,咩咩。"安东尼的妈妈说。

安东尼洗了热水澡,喝了热饮料,正在仔仔细细地研究他的灯,妈妈过来了,坐在床边,跟他讲了俄罗斯人的各种奇闻轶事,以及他们冬天都做些什么。

第二天,真是奇怪,安东尼竟然一点儿也没感冒。咩咩说算他走运,想把他留在家里观察一天,可是安东尼央求着要去上学,妈妈认为他可以去。

刚走进学校操场,就有人冲他喊道:"穿两件大衣的娇宝宝!"安东尼大步走到那个男孩面前,说:"两件大衣,呸!我昨天穿了五件大衣呢!那也不算什么。在俄罗斯,他们都

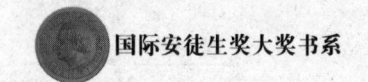

穿九件或十件大衣。天冷的时候,他们的房子有两层窗户和两层门,一层叠一层。如果他们的耳朵或鼻子被冻得硬邦邦的,就会像玻璃一样断掉。对了,我有了一盏巡夜灯。"

"什么?不会是拐角商店里的那盏吧?"那个男孩说。

"没错,就是那盏。看,在这里,"安东尼说,"有了它,你在黑夜里也能找到东西。"

男孩说:"我的天哪!"他从安东尼手里接过巡夜灯,开始摆弄灯罩,别的男孩也全都围过来看。

第十七章　美丽的米勒

就在附近,在距离安东尼家两英里之外的地方,有一座著名的别墅,关于它流传着一个故事。故事说的是,以前别墅里曾住着一位漂亮的姑娘,她太迷人了,整个巴斯城里所有的诗人每星期都要为她写诗。诗人们把诗写好后,来到别墅的花园,顺着篱笆旁的小径往前走,小径的尽头有一座柱子支撑的圆顶小庙宇。圆顶下面有一个特别大、特别古老的花瓶,安放在底座上,每个星期,巴斯城的诗人们都把他们写的没有签名的诗扔进花瓶。到了某个预定的时间,漂亮的姑娘就会过来,捡起那些诗,当着众人大声朗读,告诉大家她最喜欢哪一首。然后她会问:"这首诗是谁写的?"于是,那位写出了那星期最佳诗篇的幸福的诗人就会走上前,姑娘把一顶用月桂树叶编成的花环戴在他头上。

"那么她会嫁给他吗?"安东尼问。那是个星期天,妈妈第一次把这个故事讲给他听。他们碰巧坐车经过别墅,妈妈

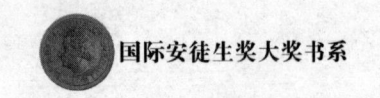

让狗拖车停下,指给安东尼看马路上方阶梯花园里矗立的那座古老的大房子,以及那些美妙的古树、草坪和姹紫嫣红的花圃,这些都曾属于那个美丽的姑娘,她的名字叫米勒。

"她不太可能嫁给他。"妈妈说。

"那么,美丽的米勒一直没有嫁人吗?"安东尼问。

"噢,她嫁人了。"

"嫁给谁了?"

"米勒先生。"

"米勒先生往花瓶里放诗了吗?"

"说实在的,我也不知道,托尼。"

"我猜他是放了,"安东尼说,"我猜他连着三个星期都写出了最好的诗,然后公主就嫁给了他。"

"我相信肯定是这样的。"妈妈说。

"那个花瓶在哪儿呢?"安东尼问,一边在狗拖车里站起身张望。

"从这里是看不到的,我甚至不敢说它如今还在不在了。不过位于阶梯花园第二级的那片黑黢黢的茂密树丛,正好就是篱笆小径的一侧。小径的尽头是那片小树林,看见了吗?那个小庙宇肯定就在树林里的某个地方。"

"我想去看看。"安东尼瞪大眼睛望着,央求道。

"也许有一天,我会认识别墅里的人,然后我就能带你去那儿了。"妈妈说。

安东尼知道"也许有一天"是什么意思。单单是"也许"两个字,意味着"不太可能";单单是"有一天"这个词,意味着"可能永远不会"。但尽管如此,它们还闪着那么一点点希望的光,可是,"也许有一天"就连一星半点的闪光也没有了。

狗拖车继续前进,安东尼的心思全被这个故事占据了。他想要到别墅去探险,在阶梯花园里跑来跑去。他想要偷偷溜进篱笆小径的树荫,亲自发现那个小小的庙宇。他想要伸手探摸那个古老的花瓶内部,看有没有一首诗留在里面。他想要自己写一首诗,扔在花瓶里。他想要美丽的米勒当着所有巴斯城诗人的面朗读这首诗,然后说:"这首诗写得最好。是谁写的?"他想要米勒把桂冠戴在他的头上。他想要连着三星期写出最好的诗篇,然后跟美丽的米勒结婚,从此幸福地生活在一起。他心里充满了这些愿望,一路上都没说话,快要到家时,突然看见了他们家那个布满青苔的磨坊水车,便问:"磨坊在哪儿,妈妈?"

"什么磨坊,亲爱的?"

"美丽的米勒的磨坊呀——我在花园里没有看见。"

"哦,她根本就没有磨坊,"妈妈说,"她一直住在别墅里。"

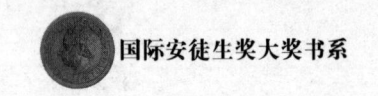

这使安东尼更陷入了沉思。她不是嫁给了米勒①吗？安东尼琢磨来琢磨去，怎么也想不明白。

那天夜里他躺在床上时，坐起来写了自己的第一首诗。

第二天早晨，安东尼上学路上走到一半，本该往右转的，他却往左转了。到了应该坐在教室里的时候，他却悄悄行走在半山腰一条狭窄的小路上，那个山坡就位于美丽的米勒的别墅后面。要想从这上面的小路进入下面米勒的花园，唯一的途径是穿过花园斜坡脚下的高墙上的那道小门。安东尼试了试，可是门锁着。于是，他绕着花园的围墙，顺着小路往山上走。不一会儿，他看见一个大门通向别墅的后部，但门边有人，所以他又顺着小路往上走了一段，过了一会儿再溜达回来，看见那些人已经从小路上消失，往大路上去了。于是，他非常小心地推了推大门，高兴地发现竟然能推动。他推开一道能让他挤进去的门缝，轻手轻脚地溜进了房子后门，那道门真气派，镶嵌着黄铜的球形把手。进门之后，他发现自己站在花园的高处，俯瞰着下面的道路和沟渠，阶梯花园一级级地向下延伸，第一级有一道装饰性栏杆，其他的每一级都是各种鲜花、平整的草坪和帐篷一般的苍翠树木。在他的右手边——哦，多么奇妙——就是那条篱

---

① 米勒（Miller）在英语里是磨坊主的意思，所以安东尼有此误会。

笆小径的入口。阶梯花园沐浴在阳光里,但是小径上却洒满了绿荫。当安东尼踏入这条浓荫密布的道路时,一股湿漉漉的芳香扑鼻而来。他屏住呼吸往前走。现在,随时都有可能碰到美丽的米勒。她会从任何一簇灌木丛中走来,会从任何一棵树后闪身而出。然而,安东尼希望米勒等他找到花瓶以后再出现。他手里攥着昨天夜里写的那首诗。

　　小径上的植被更浓密了。到了小径的尽头,他不得不奋力推开一大堆巨型铁杉木,走过去之后,迎面就是那座庙宇!它的柱子因年深日久而布满青苔,两三级低矮的台阶之上的那个底座也是这样。可是这有什么关系呢?因为底座上的花瓶依然还在,安东尼的心激动地狂跳着,他走上台阶,踮起脚尖,伸手在花瓶里摸索。他看不见里面,只能把手臂从花瓶边沿探进去,用手指探摸。果然碰到了什么!一大堆呢,是古旧的树叶吗?还是尘封的纸页?那堆东西有点儿潮乎乎的。没等他从中剥离出一片叶子,就听见庙宇后面的灌木丛里传来一阵沙沙声。他只好把那首皱巴巴的诗扔进花瓶,便三步两步跳下庙宇的台阶,去迎接终于出现的美丽的米勒。

　　从铁杉木后面走出了一个小姑娘,一双灰眼睛睁得大大的,乱糟糟的头发胡乱地编成一根歪歪扭扭的小辫子。她的围裙上沾着泥土和草渍,还撕破了一道口子。

135

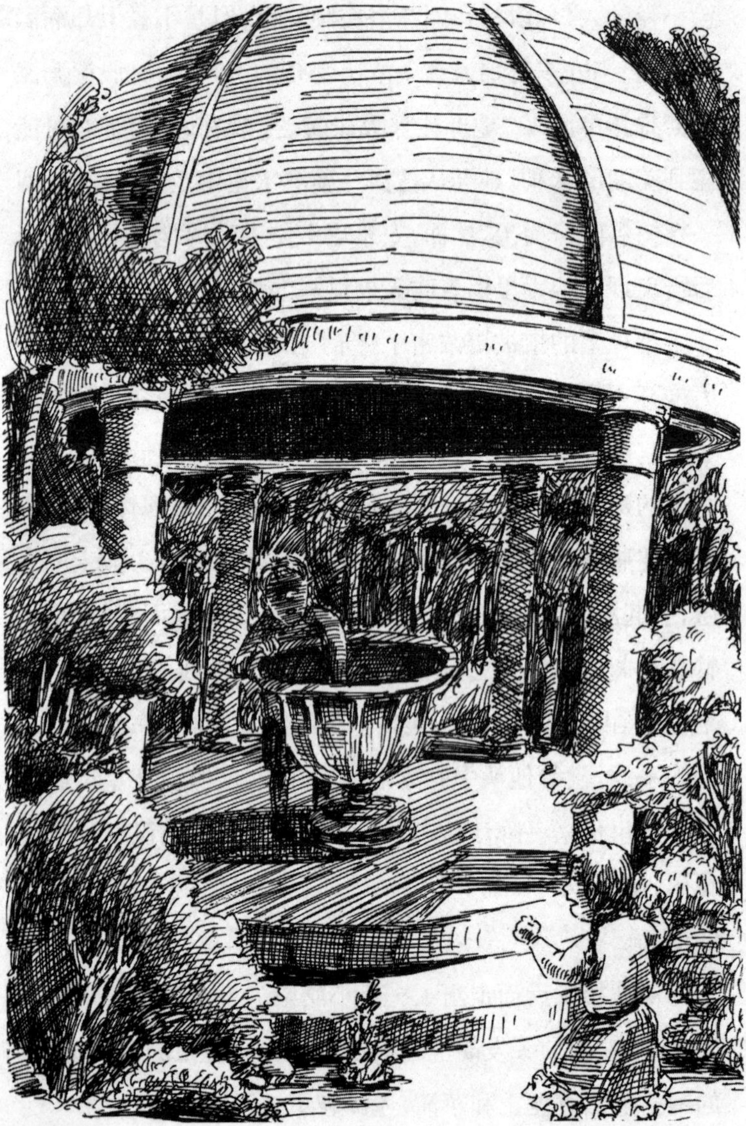

"你是谁?"她口气很冲地问。安东尼立刻知道他们俩不可能成为朋友,便回答道:"不告诉你。"

"你不是我认识的人,"小女孩说,"你来干吗?"

"我不是为你来的。"安东尼没好气地回道。

"哦,"小女孩说,"那就走开。"她气呼呼地瞪着安东尼。安东尼觉得转身逃跑会显得太丢脸了,就一边后退,一边对她怒目而视。小女孩寸步不让地站在庙宇的圆顶下面,说:"男孩子都很讨厌,我不喜欢他们。"

安东尼讨厌这个"他们",那似乎在剥夺他的自我。他宁愿这个怒气冲冲的小女孩说"我不喜欢你"。然而安东尼等到的只是沉默,于是他反击道:"女孩也一样,我也不喜欢她们!"

"你来干吗?"小女孩又问了一遍。

"不告诉你。"安东尼照样这么回答。

"我会弄清的。"小女孩说,"你刚才把手伸进花瓶了。"说着她也把手伸进花瓶。

这么说小女孩看见了!太过分了。小女孩可以讨厌他,但他无法忍受小女孩讨厌他的诗。他甚至无法忍受任何人读这首诗——任何人,除了美丽的米勒,可米勒再也不会走在这条篱笆小径上了。

安东尼转过身,在铁杉木丛中奔跑,与此同时,那个愤

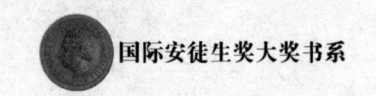

怒的小女孩从花瓶里掏出了他的那首诗,撕扯开来,大声念道:

> 美丽的米勒,
> 住在大别墅。
> 如果要我说,
> 她该在磨坊住。

"这是你写的吗?"小女孩喊道,语气里透着一丝惊愕。

告诉她,让她讥笑自己吗?他宁愿去死也不会告诉她!安东尼加快了脚步,不小心一个踉跄,他赶紧抓住离他最近的那棵灌木,稳住身子,然后拔腿顺着篱笆小径往前冲,小女孩在后面喊道:"这是一首烂诗。"

终于,他跑出了大门,听不见小女孩的声音了,他可以满脸通红地躲进大山,隐藏自己的羞赧。

然而,当他坐下来,松开滚烫的、紧紧攥着的拳头时,却发现拳头里有一枚月桂树的叶子,是他逃跑时从那棵灌木上揪下来的。

第十八章　听见树生长的人

安东尼所在的村子里有一个老无赖,叫杰姆·斯托克斯。"什么是无赖,咩咩?"安东尼问。

"就是一种龌龊的人,"咩咩说,"你看看杰姆·斯托克斯有多脏,他斜着眼看人的样子有多丑!而且总是喝得醉醺醺的,那个令人恶心的老头儿。"

其实咩咩说得不对。杰姆·斯托克斯不是一年到头都酗酒。他每年有六个月醉醺醺的,接下来的六个月像伊莱·道斯一样清醒。他每年有九个月干活,接下来的三个月像树林里的一根棍子一样无所事事。就在清醒干活的那三个月里,他攒下了足够的钱,供接下来的三个月游手好闲;他攒下来的钱一般都用在喝酒上。他有个哥哥是邻村的杂货店老板和教堂执事。那个哥哥可是个受人尊敬的人,不愿意跟杰姆扯上任何关系。如果两人在路上碰到,杂货店老板会目不斜视地径直走过去,杰姆却站在一边,斜着眼睛看他,对他发出嘲笑声。杰姆·斯托克斯矮小健壮,身体敦敦实实,只有一只眼睛,一边肩膀向上拱起,活像一个侏儒土地神。安东尼深深地被他吸引,可是每次碰到杰姆,咩咩总是拉着安东尼往前走,杰姆看到咩咩这么做,就会斜着眼睛看她,对她发出嘲笑。

有一天,安东尼一个人去店里买糖的时候,遇到了杰姆。杰姆正在修篱笆,这是他工作的月份,同时他也在喝酒。安东尼停下来注视着他。看别人做事总是很有趣的,而杰姆干活是一把好手。如果他活儿做得不地道,农场主是不会雇他的,说来也奇怪,这个老无赖天生是个巧手,各种活儿都不在话下,修篱笆、挖沟渠、锄地、刨坑,即使喝得醉醺醺的,活儿也干得丝毫不差。

杰姆斜着眼睛看安东尼,说道:"你这是看谁呢?"

"看你。"安东尼说。

"那就掉过脸去,别那么盯着人看。"杰姆说。

安东尼巴不得这样,杰姆斜着眼看人的样子实在是很丑。

"你手里拿的啥?"杰姆说。

"一分钱。"安东尼说。

"你这小家伙运气真好,竟然有一分钱,"杰姆嘲笑道,"我连一个子儿都没有。"

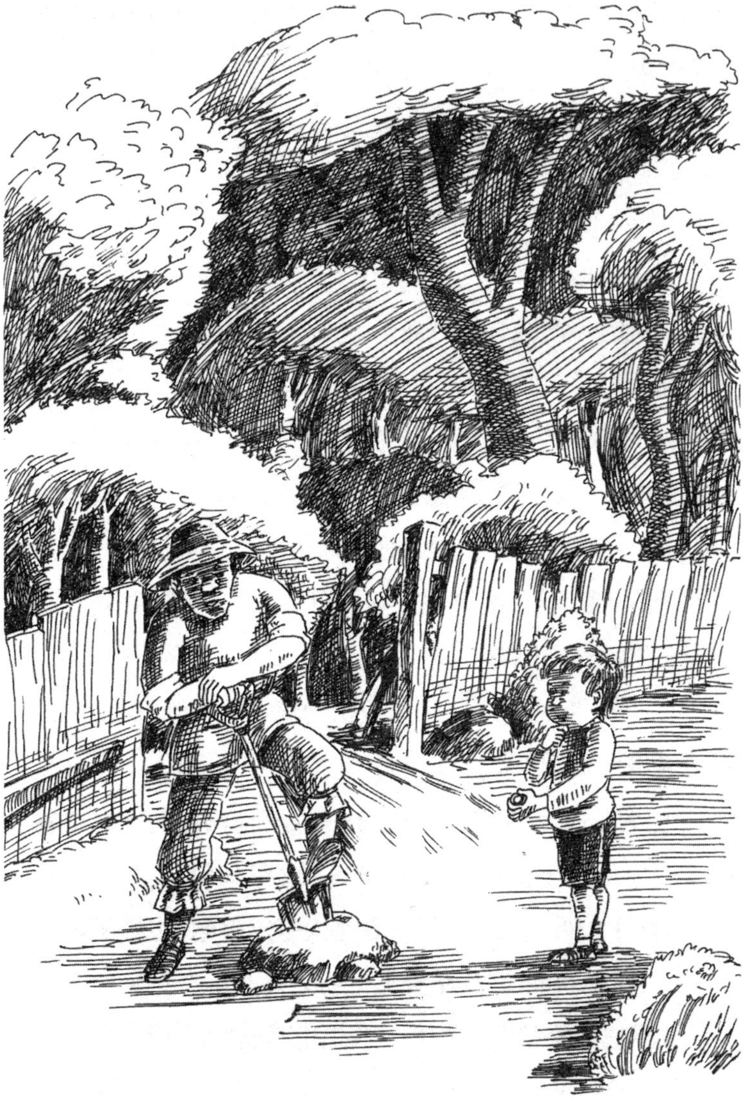

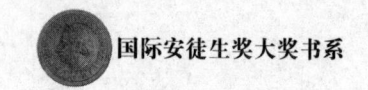

安东尼立刻把自己的一分钱递了过去，杰姆接过来放进了口袋。

"我可没从你要，"杰姆说，"对不？"

"对。"安东尼说。

"那就再见啦，"杰姆说，"你该乖乖地回家去了。"

安东尼便乖乖地回家去了。

他们时不时地会单独碰上。杰姆总是问安东尼手里或口袋里有什么，如果是一分钱，安东尼就会给他，如果是糖果，两人就分着吃，虽然杰姆瞧不起糖果，说自己不喜欢吃糖。有一天，农场主发现他俩在一起，就怀疑地看着杰姆。

"喂，我说，"农场主说，"你没欺负这个小家伙吧？"

"欺负他？我？我跟他是好哥们儿。"杰姆说，并斜着眼看安东尼，"是不是呀？"

"是的。"安东尼说。这个说法他第一次听到，但突然发现他俩确实是朋友。

早春的一天，安东尼跟爸爸在一起，他们遇到了那个农场主。相互问好之后，爸爸问农场主光景如何。

"还凑合吧，"农场主说，"就是人手不够啊。杰姆又甩手不干了，那个老浪荡汉，估计五月份之前是不会见到他了。"

安东尼的爸爸说："迪克·瓦特斯也不会见到他。"迪克·瓦特斯经营着村里的那家小酒馆。

"没错,"农场主说,"这个杰姆可真是怪人,干活时是酒鬼,闲散时倒很清醒。"他摇摇头,似乎弄不清哪种状态更糟糕。

"是啊,"安东尼的爸爸说,"他的闲散也是干活挣来的。"

"唉,"农场主说,"还要专门为此停工。他干活时,并不把钱都花在买酒上,只是从五月到十一月,迪克·瓦特斯才经常看见他。从十一月到来年二月,杰姆就跟你我一样清醒,把钱存起来,以备闲散的时候用。可是为什么呢?我想问这是为什么!一个人为什么想要三个月无所事事呢?"

"怎么说呢,"安东尼的爸爸说,"谁知道他是不是无所事事呢?"

"哎呀,谁都能看得见呀。"农场主说,"这没有什么神秘的。在这三个月的任何时候,都能在三亩林里发现,杰姆嘴里叼着烟斗躺在一棵树下。可是为什么呢?我只想知道为什么。"

"你有没有问过他原因?"

"嘿,问过,你猜我得到的回答是什么?'我休假了,老爷。'杰姆对我说。'为什么呢,杰姆?'我说。'去听树生长的声音,'他说,'五月回来,老爷。'然后他就走了。可是为什么呢?"

为什么农场主不停地问为什么呢?安东尼感到不解。杰姆·斯托克斯明明已经告诉他为什么了。安东尼一逮到机会就去了三亩林。

这是一年里比较萧条的时候,但万物正开始萌动。光线从秃秃的树枝间渗透下来,乌鸦在呱呱叫,树林里没有低矮的林木遮挡视线,富有弹性的地面上只有零星的几株紫罗兰和一些刚刚冒头的狗蓣藜。没过多久,安东尼就发现杰姆·斯托克斯像一根旧棍子似的躺在一棵树下,背对着安东尼,烟斗里冒出的烟在他脑袋上盘绕。杰姆听见小男孩来了,他没有转身,只是竖起一根手指,意思是不要作声。安东尼尽量蹑手蹑脚地走过来,坐在杰姆身边,背对着树干。

时间一分钟一分钟地过去,他们一声不吭地坐在那里。安东尼眼睛盯着地面,拼命地倾听,可是什么也没听见。杰姆如果能听到什么,那他耳朵肯定更灵,或肯定能听得更加专注。一小时过去了,安东尼心里充满了失望。他本来隐约以为,在他倾听的时候,脚下的地面就会开始长出树来,然而一切都跟刚才一样。

"你错就错在这儿,"杰姆边说边把烟斗从嘴里拿出来,重新装满,"你是在看,不是在听。好像人的眼睛够尖,就能看见树生长似的。闭上眼睛,别再看了,要仔细去听,小家伙。"

他在安东尼面前喷出大股大股的烟,安东尼被熏得眼睛刺痛、视力模糊。他很高兴能闭上眼睛。

"好了,好了！好了,好了！"

谁在说话？

"来了,来了！来了,来了！好了,好了！好了,好了！"

大地在他身体下面摇晃,来来回回,来来回回,像两颗心在跳动。"有了,有了！有了,有了！来了,来了！来了,来了！好了,好了！"那些小小的种子舒舒服服地被捂在大地的温床里,但随着大地的来回摇晃,种子内部也不禁有了小小的悸动。安东尼听见了它们的勃勃跳动,就像他自己心脏的跳动一样。小小的扁种子、圆种子、椭圆种子,从橡树上落下来的橡果,从白蜡木上飞下来的小翅膀,从山毛榉坚果里分裂出来的小三角,它们都挤在泥土里,随着大地的摇晃,它们的心脏也勃勃跳动。它们没有一个在地面上冒头,甚至没有在森林里的老树中间露出一点点尖尖角。

"啊,可是接下来会出现一个多么了不起的森林啊！"老杰姆一边嘟囔道,一边抽着烟斗吞云吐雾,"多么气派的大森林。"

"什么时候,杰姆？"

"大概一百年后吧。我们看不到它的辉煌时期了,但也许能看到开头。到了那时候,这些大树就变成了烟,别的树代替了它们的位置。然后,那些后来的树也会烟消云散。你听那个嘎吱声,是那边的那棵老橡树在生长,是不是?我听嘎吱声已经听了四十年。现在是那棵榛子树,还有那片荆棘——都在生长,从不停止,从不停止,不管是直是弯,它们必须不断生长,这是没办法的事。嘘!"

"嘘!嘘!好了!好了!有了!有了!来了!来了!"
大地在摇晃。

安东尼的心在跳动。

他不再是一个小男孩。他是大地里的一颗种子。什么种子呢?他必须等待多久,才能知道自己是一棵高高的三角枫,还是一株弯弯扭扭的荆棘?

"有什么关系?不管是直是弯,都是大地的一分子,"杰姆抽着烟斗说,"大地让它们全都不断生长。最后,它们全都重新变成了烟,有谁知道这其中的差别呢?快听!"

"听啊!听啊!好了!好了!有了!有了!来了!来了!"
一年过去了。安东尼从地面的一个裂缝探出了他的嫩芽。现在他能看到森林了,他将在这里占据自己的位置,跟其他的树为伍。它们真高啊,有的那么美丽,有的那么古怪。修长优雅的白蜡木就像他的妈妈,那么他也会成为一棵白蜡木了。可是那棵梧桐树就像他的爸爸,那么他会变成梧桐树吗?看看那株滑稽的、盘根错节的荆棘吧,活像杰姆·斯托

克斯。如果他自己也变成了弯弯扭扭的荆棘怎么办？又一年过去了，接着又是一年，又是一年。安东尼继续生长，他的幼芽起初像花瓣儿一样娇嫩，但一年年地变得坚挺，一年年地变得粗硬。

"当心野兔，"荆棘丛讥笑道，"你还没摆脱危险呢。野兔一有机会就会来啃你，那可怎么办？"

可是野兔没来啃他，又是许多年过去了。

一个男人拿着斧子过来，清除掉了荆棘丛。

又是一年，那棵梧桐树被砍倒了，后来是白蜡木。老树林里的树一棵接一棵地消失，新的树林成长起来了。但树林仍是树林，虽然其中的每棵树都不一样了。

时间已经过去了六十年。安东尼一直忙着倾听万物的生长，从没有停下来看一看。现在他突然想看看自己，看看他是什么树。可是他看不见自己——他已经埋藏得太深了。他只能往外看，看见周围其他的树，可自己到底是什么树呢，他却没法看见。

"我是什么？我是什么？"他大声喊道。

"不要不停地问这么多问题，"杰姆·斯托克斯吼道，把烟斗拿出来重新装满，"这样只会造成干扰。如果你不能把你的问题藏在心里，就赶紧回家去吧。"

安东尼眨巴眨巴眼睛，看着杰姆抽着新装满的烟斗，喷

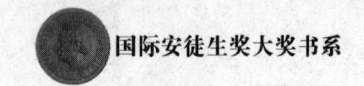

出大股大股的烟。可是他忍不住要提问,那些问题把他的小脑瓜挤得满满的,就像大地里挤满了种子一样。他只能听见那些问题相互之间的喧嚣吵闹,再也听不见树的生长了。

于是,他站起身,悄悄地离开了,留下杰姆·斯托克斯一个人,像一根棍子似的躺在树底下,神情淡漠,不再提问题,一边抽烟一边倾听。

第十九章　罗马木偶戏

安东尼长大了，生活把他拽离了"地球的眼睛"，一去就是许多年。

罗马木偶戏团来到伦敦时，安东尼跟全城的人一起去看了。第一天晚上，他坐在前排座位上等待着。坐在周围的人像世界上所有的人一样，都是陌生的。是的，他孤零零地坐在一个陌生的世界里。

幕布拉开，一个玲珑而精致的木偶出现了，穿着白色的缎子短裤。它像小孩子一样小巧，但却不是孩子。在它的衬托下，安东尼又感到周围的世界一下子变大了，就像他孩提时代的感觉一样。或者，难道是为了能够恰当地、完全彻底地理解这个小木偶，所以他的脑子又变小了，就像坚果壳包裹着坚果一样？这样，那小小的核心就不会在一个大而无当的脑子里随意滚动，是吗？不，他没有变小，是世界变大了。

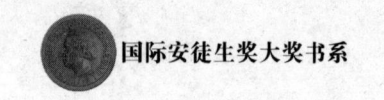

他和那个小木偶才是正常的尺寸,是现实生活的尺寸。小木偶摆出各种姿势,做出各种手势,就像一本深受人们喜爱的故事书突然之间有了生命。

小木偶说话了。它掀开了那本被遗忘已久的书的封面。那些令人愉快的故事里的其他角色也在安东尼的眼前一一复活:一个追蝴蝶的丑角,一个从锯子上翻下来、然后拿大顶的小丑,一个四肢纤巧、在球上跳舞的女人,一个走钢丝的演员,他的表演简直令人叹为观止……所有这些都曾经在他书架上的某本书里出现过,不过那也许是一本他从未打开过的书。这些小小的马戏团角色走完过场之后,童话故事便开始了。在一个中了魔法的池塘上,小鸟在唱歌,青蛙在呱呱地欢跳,一位传令官吹响了金色的号角,仙女们纷纷从水面上飞起。一个王室的保姆在晃动摇篮,朝臣们对着摇篮里那个美丽的婴儿鞠躬,国王和王后站在一旁,那么骄傲,那么幸福,仙女们带着祝福来了,绿色的女巫带来了一个诅咒:那本故事书有了生命。

时光流逝,整整十八年过去了。女巫在阁楼上转动纺锤,公主走了进来。

金色头发的公主!曾经有过这么可爱的公主吗?安东尼的心狂跳起来。

接着,他醒过神来了。他又意识到了他身体的尺寸他知

道自己太大了。怎么办呢？这叫人无法忍受。

每天晚上，他都去剧场，坐在前排座位上，等待着童话书里的那位那么小巧玲珑的公主出现在他的眼前。他独自坐在那里，那么大的块头置身于一个陌生的世界，眼睛里看不到别的，只看到她。他注视着公主的每一个动作，为她深深地沉醉——她的青春、她的纯真、她的欢乐、她对纺锤的热切欣喜、她遭受的意外、她的痛苦、她美轮美奂地昏倒在那把豪华的椅子里。他看见公主静静地躺在华贵的长沙发上，蜘蛛在结网，她的美透过层层蛛网射出光芒，依然那么灿烂。

一百年过去了。一个吻唤醒了她。谁的吻？唉！他知道自己太大了。

一夜又一夜，他去看他的公主，隔开他们的远远不止那些聚光灯。后来，他注意到小小的公主总是把脑袋转向他这边。公主刚一登上舞台，就用目光寻找他。公主在晕厥的痛苦中，用微弱的声音呼唤他。公主醒来也只是为了他。公主把手放在胸口，四肢在微微颤抖——这一切都是为了谁？为了他。

她是一个牵线木偶？他也跟木偶差不了多少！可是，唉，该死的尺寸令人苦恼。安东尼和他的微型公主该怎么办呢？一夜又一夜，他们用目光寻找对方。有一天夜里，当安东尼

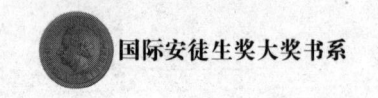

的视线模糊时,他看见了公主眼睛里的泪水。

不能再耽搁了。安东尼知道,公主跟她那个小世界里的所有生灵一样,都由一个术士掌控着,是一位巫师把他们创造出来,是一位魔法师用一个手势让他们有了生命。他们的世界才是唯一真实的世界,这点他在小时候就已经心知肚明。他必须重新进入那个世界,仅此而已。他的思想和心灵适合那个世界的大小,妨碍他的只是他的身体。

他走到巫师的房子前,按响了门铃。他被带进了书房,年迈的巫师坐在那里,周围是他的木头和亚麻、涂料和药粉,以及一些零散的破布和闪亮的金属片。

"什么事?"巫师说。

"我爱公主。"安东尼说。

"那又怎么样?"巫师说。

"请接收我吧!"安东尼恳求道,"让我成为那个王子!"

"我不需要另一个王子,"巫师说,"只需要一个新的小丑。"

"我可以当你的小丑,"安东尼说,"我可以跳舞、翻筋斗,逗人们发笑。但是只要一个晚上——就是今晚——我必须是王子。这是我为自己提出的唯一要求。"

"好吧。"巫师说。

巫师接收了安东尼,在他身上施了魔法。世界一下子变

得那么庞大。桌子椅子高耸在他头顶,如同参天大树,天花板猛然间直插云霄,巫师就像安东尼的爸爸那么高,当年安东尼在地板上玩耍时,爸爸就是这样站在一旁高不可攀。

巫师给安东尼穿上一件红色的外衣,带他去了剧场。安东尼在一旁等待着需要上场的时刻。远远地听见音乐声和欢笑声,可是什么也看不见,最后,到了夜里很晚的时候,他走进那座中了魔法的森林,公主正在那里等待他的亲吻。

危险在他眼前消失,盘根错节的森林也退去了,他来到城堡里。他拍醒那些昏睡的仆人,找到了蛛网密布的王宫大殿,他奋力搏斗,杀死了蜘蛛。蛛网分开了,眼前赫然出现了公主沉睡的卧榻。他激动得四肢都在颤抖,快步冲过去,朝公主俯下身——

啊!不是她。

正要亲吻公主的他,痛苦地往后一缩。他凝望着上方,巫师坐在看不见的地方,面无笑容,那双阴郁的眼睛似乎在说:"我什么也没承诺。"

可是为什么呢?为什么要随意地更换她?安东尼的内心在哭喊。他绝望地凝视着聚光灯后那个不真实的世界。啊,他看见公主坐在他原来坐过的前排座位上,也正绝望地凝视着自己——还是那样可爱,一头金发,然而身体却跟前一夜的他一样大,孤零零地坐在一个陌生的世界里。

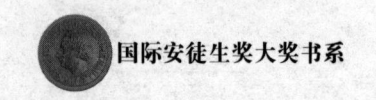

剧场里充满了衣裙的摩擦声和鼓掌喝彩声。第一个夜晚结束了。

安东尼像世界上的其他人一样，回家睡觉去了。

第二十章 在 路 上

安东尼长大了,生活把他拽离了伦敦,返回到"地球的眼睛"。

安东尼走出巴斯车站时,知道不会有人来接他,已经没有人会这么做了。他也没有行李,行李已走在他前面——或跟在他后面——对此他也记不真切了,而且,那点行李少得可怜。他逐渐积攒起来的财物,又逐渐一路遗散了,当他从一个地方迁往另一个地方时,把它们或送人、或丢弃、或遗忘。因此,这么多年过去了,他站在返回磨坊的那条路的起点,无牵无挂,就像许多年前,还是个小男生的他走在这里时一样。他在街上流连,有的街道变了,有的几乎还是原样,他在离开巴斯城前绕着修道院走了一圈。修道院几乎没有什么变化,右边的天使仍然头朝上、往上走,左边的天使仍然头朝下、往下走。在他人生中的这么多年,这些天使一直

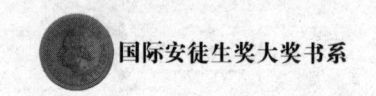

都在这儿,而他是在哪儿呢?

"哦,总归是在某个地方梦见了所有这些。"一个声音在他耳边说,是爸爸的声音。他环顾四周,可是爸爸肯定已在转瞬之间进了修道院或公共饮水间。安东尼有点想跟爸爸进去——他会发现爸爸在研读修道院里的装饰匾牌,或在下面罗马浴场的废墟间踯躅。然而,他可能找不到爸爸,白白耽误工夫,而他那么渴望回家。

他绕到了自己的小学校,欣喜地看见男生们正从学校出来。他花了几分钟凝视学校大门,侧耳捕捉妈妈坐着狗拖车过来的声音。几分钟后,他决定自己走回家,他以前时常这么做,那是多少年前的事了?在听到车轮声之前,他说不定还能走到博登太太的面包店,在那里,他可以停下来要一个小圆面包。在面包店里免费拿面包使他觉得自己像是店老板,只管说出自己要什么,从来不需要付一分钱。可能他要的不是小圆面包,而是一块葡萄干蛋糕。不管他要什么,博登太太都会给他,一分钱也不问他要。有一天,他可能想要橱窗里的那个婚礼蛋糕呢。那可是他一直心心念念想要的东西,说到底,为什么每天都做同样的事情呢?那样活着还有什么意义呢?

安东尼把手按在脑袋上。他以前听到过这个问题,他努力回忆是在哪儿听到过。接着,他不再回忆,而试图去回答这个问题。他活着是为了什么呢?肯定不是为了在明知道博登太太面包店里有婚礼蛋糕时,还选择一块廉价的小圆面包。啊,就是这家面包店,他又一次进到店里,盯着那个三层高的蛋糕,蛋糕顶上还摆放着一瓶鲜花。它比安东尼记忆中的更令人向往。一层层雪白的奶油,升向上面那个带支柱的庙宇,那一瓶鲜花放在一个圆圆的拱顶下面。多么奇妙的鲜花!每一朵都是一首诗。啊,他多么渴望得到那个蛋糕。

他听见柜台后面的女人说:"你想要什么?"接着听见一个小男孩回答:"劳驾,我想要婚礼蛋糕,博登太太。"

他听见柔软的纸沙沙作响,看见蛋糕被包在薄棉纸里,就像新娘穿上了婚纱。当这个被包裹的美物递到他怀里时,安东尼结结巴巴地说:"要付多少钱?"

"哎呀,不用付钱。"博登太太和蔼地说。

"记在账上吧。"小男孩说。

又往前走了几步,他来到了那家古老的旧货店。他童年时的一盏巡夜灯就是在这里买的。此刻他很渴望有那盏灯,回家路上肯定会用得着的。说不定天突然黑了呢,想想吧,手里有了那盏灯,找东西该有多方便啊。

"找什么东西?"安东尼暗暗自问。

"比如说,小偷和杀人犯,或者蘑菇,或者蜗牛,或者道路。你可能会在暴风雪里迷路,有了这样一盏灯,就绝对安

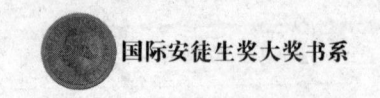

全了,你知道的。有了它,你什么都能找到。"

"我想找到很多很多东西。"安东尼说。"你只要把灯往黑乎乎的角落里照一照。"小男孩说。

此刻他到了小木屋前,小木屋右边是那个小小的披屋。披屋比安东尼记忆中的矮小,但样子没变。因为,就在披屋的屋顶下面有两个并排的洞眼。

"我认为那是鸽子窝。"

安东尼当时也这么认为。

"你看见有鸽子飞进飞出吗?"

没有,安东尼没看见过。

"我也没有,但我相信里面肯定有鸽子。"

安东尼当时也相信。

"可惜我不够高,没法往里面看。"

安东尼当时也不够高。

"你现在够高了。"那个小男孩非常清楚地说。

安东尼望着那两个洞眼。想想吧!没错,怪不得披屋看上去好像缩小了呢,是因为他现在长高了,如果站得近一点,就能看到洞眼里面。可是,万一里面什么都没有呢?

"肯定有东西。谁会无缘无故地掏洞呢?"

啊,以前可能是有东西的。可是万一现在没有了呢?

披屋里面的小房间那么完整、那么漂亮,和任何一对鸽子所渴望的一样。从地板到天花板都贴着雏菊图案的墙纸,跟安东尼记忆中他原来卧室的墙纸相同。房间后面有一扇小窗,挂着他卧室里的那种窗帘。地面铺着苔绿色的地毯,地毯中央蹲着两只胖乎乎的小鸽子,长得一模一样,像两颗豌豆一样难分彼此,不过一只是蓝色的眼睛,一只是褐色的眼睛。它们中间的地毯上躺着一个银色的蛋。

这个蛋是两只鸽子的骄傲。它们注视着它,对着它轻轻地咕咕叫,用柔软的胸脯呵护着它。

"啦啦!"一只鸽子咕咕叫道。

"咩咩!"另一只鸽子叫道。安东尼觉得,那个蛋在它们的关爱下长大了一点儿。

传来啪嗒啪嗒敲窗户的声音。一只鸽子用嘴衔起窗帘的一角,把窗帘拉开,另一只鸽子拨开插销,把窗框往上推了推。外面是漆黑的暗夜,没有月亮,也没有星星,安东尼借着房间里的灯光,看见敲窗户的竟然是跳跳大娘。

"蛋准备好了吗?"她问。

"准备好了,跳跳大娘。可是我们没有了它,该怎么办呢?"一只鸽子问。

"我们的心肝宝贝蛋。如果让它离开,我们的心会碎的。"另一只鸽子说。

"好了,好了,全世界的鸽子都是一个德行!"跳跳大娘

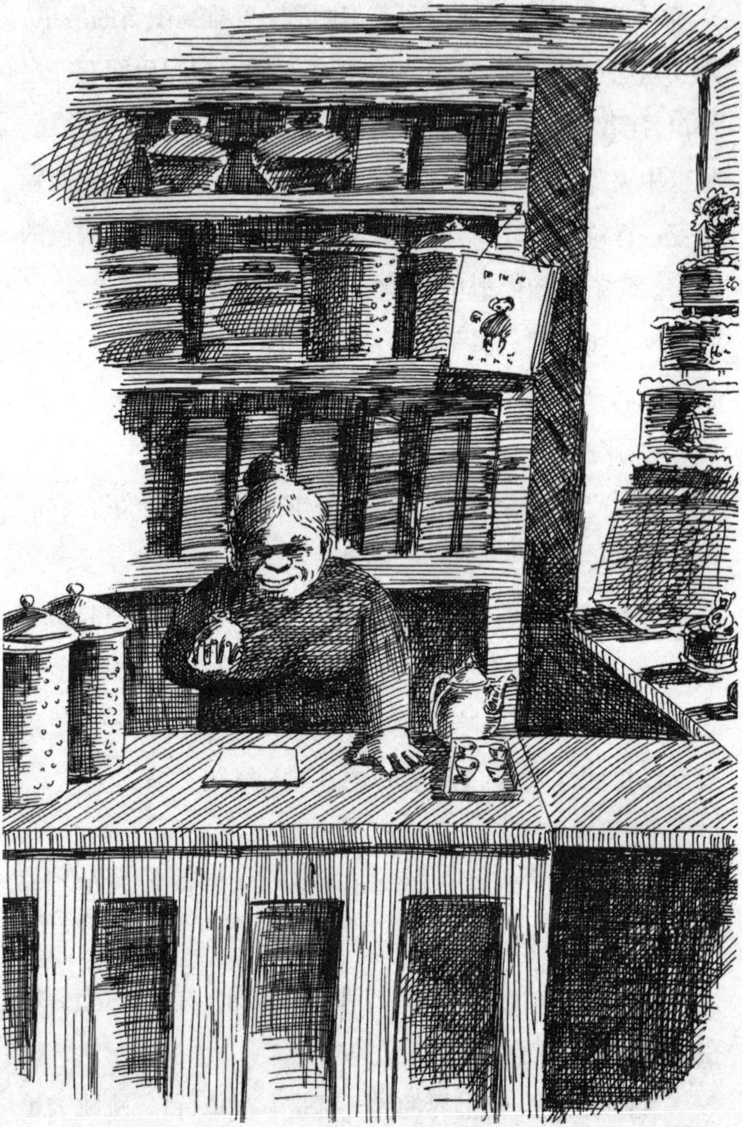

凶巴巴地说,"总是想把它们的蛋留在自己身边。再说了,我亲爱的,这蛋根本就不是你们下的。"

"可是我们负责照管的呀,跳跳大娘,每一只鸽子都爱着由它照管的生命。"

"多半是这样吧。可是,你们总不能永远不让小鸟儿出壳吧?"

"啊,真希望我们能办到呢!"两只鸽子咕咕叫着说,"这么漂亮的蛋壳就要被打破了,真像新崭崭的银子。"

"银闪闪的新玩意儿!"跳跳大娘厉声骂道,"快点,把蛋递过来。"

"啊,跳跳大娘,不要把它永远带走吧!想想吧,它就那样被孵出来,却压根儿不认识我们,甚至不记得我们。"褐色眼睛的鸽子央求道。

"好吧,好吧,也许有办法解决。"跳跳大娘说,"可是这意味着你们需要做出牺牲,我亲爱的。"

"什么牺牲,跳跳大娘?"

"你们必须褪掉自己的羽毛,必须放弃自己的翅膀,必须不再当鸟,而变成保姆。"

"那可太难了。"两只鸽子说。

"唉,是啊。"跳跳大娘说,"但如果你们愿意,就能让蛋再归你们照管,直到他再也不需要你们,然后你们就会失去

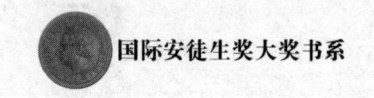

他,默默忍受一切。"

"那我们能得到什么安慰呢?"两只鸽子问。

"他偶尔会想起你们,会哭着要他的蛋壳。"

"他的漂亮的银蛋壳!"灰眼睛的鸽子咕咕叫着说。

"空蛋壳一点用也没有,虽然银闪闪的!"跳跳大娘说。

"如果可以的话,我可以把蛋壳给他当礼物。"鸽子说。

"没问题。"跳跳大娘说,"但你永远给不了,不管他怎么哭着要。"

跳跳大娘接过蛋,把它一敲两半,然后把刚出生的雏鸟裹到了大衣底下,她动作太快了,安东尼啥都没看见。然后,跳跳大娘飞出窗户,消失了,两只胖乎乎的小鸽子蹲在裂成两半的银蛋壳旁,用自己的泪水装满蛋壳,咕咕哭诉着内心的忧伤。

"啦——啦啦——啦啦啦!"蓝眼睛的鸽子低声说,"再见了,我们漂亮的房间。"

"咩——咩咩——咩咩咩!"褐色眼睛的鸽子低语,"我们再也看不见你了。"

就在它们咕咕叫着的时候,它们的羽毛开始从圆溜溜的印花身体上脱落。

怪不得他从没有看见鸽子从这两个洞进进出出。早在他知道这两个洞之前,洞里就已经空了。

现在,到了那座有椭圆形窗户的房子。

安东尼高兴地发现,那扇窗户还在,它镶嵌在开着花的爬山虎中。

窗户里应该有一张照片,他想。也许那张照片只是偷偷溜走了——你知道妈妈照相簿里的照片总是会溜走。这扇窗户就像照相簿里的豪华页面,有椭圆形的开口,周围装饰着许多花朵图案。看啊!可不是嘛,一幅褪色的六英寸照片就在他的眼前被装进了那个窗框!他似乎看见爬山虎丛中有两只白皙的手,似乎听见一个温柔的声音在说:"这是你的汉娜姑奶奶,这时候你还没出生。"

一个美丽的、高鼻梁的年轻女人的脸庞和身影,在椭圆形的窗口出现了。她仪态非凡,那条细毛围巾披在肩头,下面是圆鼓鼓的裙摆,她手臂和脖子上都带着沉甸甸的装饰品。

然而就在安东尼凝视的当儿,汉娜姑奶奶的画面变成了坎提尔先生的形象,当年坎提尔先生有时会在他们家小住。没错,就是他,那一副连鬓胡子还跟以前一样整洁利落。画面只到膝盖,但安东尼相信坎提尔先生脚上肯定穿着他的丝绸袜子。

接着,那个画面又褪去了,取而代之的是年迈的德拉斯代尔先生的形象。在这之后,一张张照片以飞快的速度转

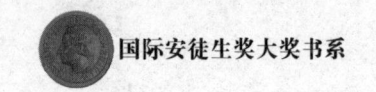

换——表哥表弟、爷爷奶奶、叔叔舅舅、老朋友,有的已然遗忘,有的尚且记得……

"不要这么快!"安东尼喊道。

"停,停!"安东尼请求道。

然而,照片继续转换,似乎有人在飞快地翻动纸页,寻找自己最想找到的那一张。

"谁的?"安东尼暗自疑问。

"我不知道。我一直感觉总有一天,那个窗口会探出一张特殊的面孔。"

"是的,我也这么感觉,"安东尼说,"可那是谁的面孔呢?"

就在他疑问的时候,一幅照片闪现出来,是大家庭相册里从未有过的。那张脸他曾匆匆瞥见,又再次失去,那张脸他曾隔着剧场的聚光灯看见过,以为终于找到了——哦!那是他童年时代在磨坊池塘的水中寻找过的面孔,是沉睡在那里的中了魔法的公主的面孔。然而就在他注视的当儿,画面又变了,变成了一个小姑娘的脸,她灰色的眼睛睁得大大的,乱糟糟的头发胡乱地编成一根歪歪扭扭的辫子。

"你!"安东尼喊道。

那个小孩怒气冲冲地瞪着他。

"她!"小男孩用愤怒的声音说,"快走吧!"

万花筒

他继续往前走。

小路越来越熟悉了。我们最早知道的事情,对于我们来说永远都是最熟悉的,安东尼想。它们和我们最亲近,是我们知道时间最长的。我们走开,去追求远处那些别的东西,那些曾经在我们看来很遥远的东西。最初的那些事情却从未远离,也永远不可能被留在远方。我们以为自己在逐渐离开它们,其实不管走到哪里,我们都在不知不觉中带着它们,而当我们回归它们时,其他的一切便重又退回到了远处。

现在到了安东尼村庄前面的那个村子,绕过山路上的那些弯道,就能走到傻子比利的茅草棚和跳跳大娘的小木屋。这条小路是通往莱姆太太的石板地厨房的。安东尼曾向自己保证,他要早早地回来造访所有这一切。他要帮傻子比利放风筝,然后接受他送来的一小麻袋蘑菇;他要在跳跳大娘那床奇异的拼花被上分辨出贝蒂·道斯的布头和他自己的布头;他要在马德维克那座灰色的、带山墙的农舍里,吃他的那碗李子和黄奶油。然而不是现在,不是今晚。他已经在路上耽搁了太久太久,"地球的眼睛"还在等他呢。

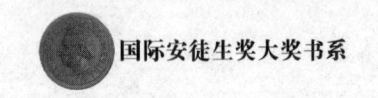

第二十一章　万花筒（钻过大树）

那条小路陡然下沉，通向磨坊，然后又开始上坡。安东尼站在小路的最高处，眺望远处的那个山坡，辨认出了静静簇拥在山坡上的他那个小村庄。什么都没有改变。穿过那个熟悉的老场院，再往前是伊莱·道斯的木匠铺。明天一大早，伊莱就会去锯木头、刨木板，做一件木匠活儿。但是今晚不会，今晚就连他的老朋友伊莱·道斯也不会在那儿。下沉的小路使他仍然看不见磨坊，但小路远处的山坡赫然在目，山坡上有他家的那座房子，还有那片果园。他看见了他曾经用稚嫩的眼睛看见过的树梢，树梢间影影绰绰的正是他家的院墙。晚风吹得树梢微微摇晃，在树梢下的某个地方，妈妈在扇着她的扇子。爸爸很可能在书房里伏案工作。啦啦在厨房，而咩咩——咩咩没准儿埋伏在什么地方，准备给安东尼来个突然袭击，责怪他回来晚了，并因为他的晚归而给他端来一些茶点表示慰问。

在到达那儿之前，还要经过那个池塘以及大门旁那棵开裂的柳树。每当你想从裂缝钻过去,柳树就试图把你抓住（但你必须钻树缝进去,如果走大门,就会错过点什么）。柳树再往前是那一方静谧的、熠熠闪烁的池水,一直延伸到草坡上,水鸡如利箭一般从水面急速掠过,而在某个地方,隐藏着那个中了魔法的公主。安东尼始终不知道公主被魔法变成了什么,是鲜花还是小鸟。再往前是巫师的水车,一个个黝黑黝黑的水箱,滴淌着魔法。

安东尼顺着小路往下走,来到了柳树前。他挤进那个裂缝,感觉裂缝比以前窄了一些。

在安东尼出生的那个夜晚，巫师转动车轮的速度是平时的两倍,魔法炮制好之后,他从水车里拿出了最美丽的那个魔咒符,是一个孩子的形状。那小女孩穿着金色和银色的破衣烂衫,其中还飘舞着彩虹般绚丽多彩的丝绸碎片,有天蓝色、青草色、猩红色,还夹杂着水仙花和报春花那样黄灿灿的彩带以及丝丝缕缕的灰色和山毛榉般的褐色。小女孩光着脚,但额头上戴着一串金链子,巫师在金链子前面挂了一滴池塘里的水。水滴在小女孩的额头晶莹闪烁,像一枚珠宝或一只眼睛。

小女孩一离开巫师的双手,就去寻找安东尼了,因此安东尼在摇篮里第一眼就看到了她。小女孩喊道:"来呀,安东尼，来呀！"那么小的孩子是没有记忆的，但安东尼天生就认识她。他跟着小女孩走进黑夜，小女孩领着他钻过柳树的裂缝，来到池塘边。然后让他坐在绿茵茵的草地上，于是，他看见水里有一个小宝宝的影子，这时小女孩开始为他跳舞，直跳到她的头发像一道道阳光似的在脑袋周围飘舞。小女孩跳得太快了，那枚珠宝从她的金链子上被甩脱，落在了安东尼的膝盖上。珠宝真闪亮啊，安东尼把它放进嘴里，吞下了肚。

过了一会儿，小女孩不跳了，在池塘边探下身，把手臂伸进水里。她抓住一把蝴蝶，往头顶上一扬，蝴蝶们便扑扇着翅膀飞舞在空中。她又把手臂伸进水里，捞出一捧紫罗兰和报春花，把它们也扔在身后的草地上，它们立刻扎下根，绽放出花朵。小女孩一次又一次把手臂伸进魔法池塘，掏出一样又一样东西。白桦树幼苗抖动着刚刚萌出的嫩叶，长长的一排排荆棘呈现出秋天丰富的色彩，各种各样的鸟儿——燕子、海鸥、苍鹭、山雀、野兔、刺猬和小田鼠，一块块的草皮、苔藓，还有萤火虫、蚂蚱、蜻蜓和许多别的东西。她不管掏出什么，都漫不经心地朝周围一抛，那东西就会找到自己的位置，最后，整个草坪成了一个五光十色的小世界，一年四季都能令人欣喜。小女孩甚至还从她的池塘里捞出了太阳和月亮，把它们投向白屈菜和银莲花，还捞出了一道双重的彩虹，把它高高地架在树梢之上，还捞出数也数不清

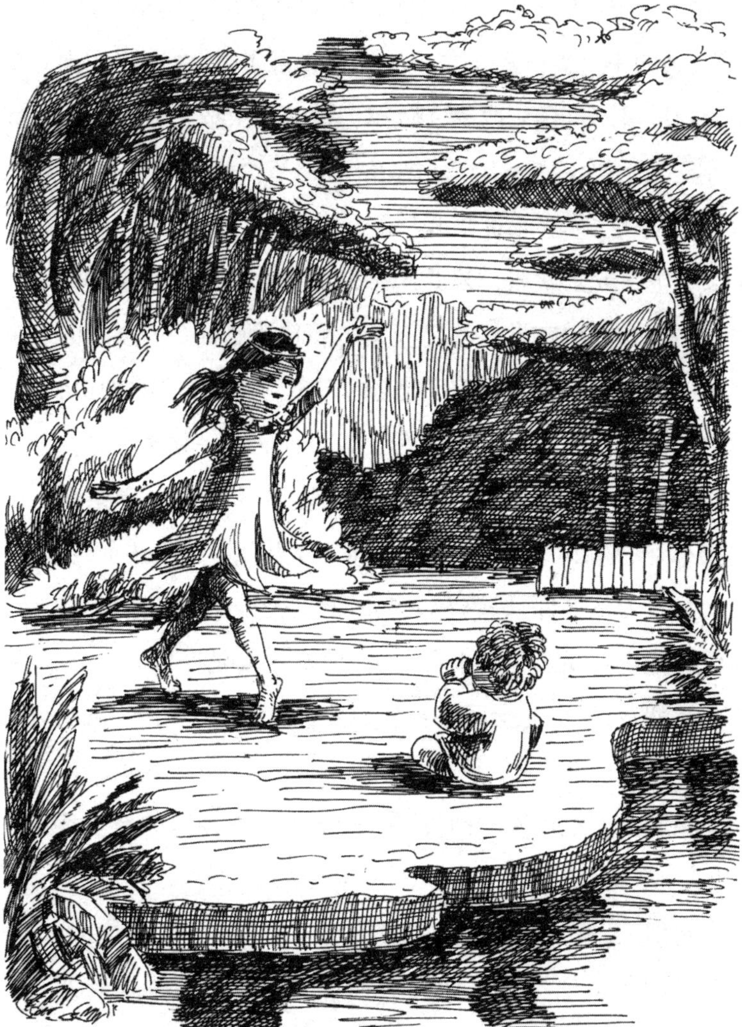

的流星和闪烁着金色、银色、玫瑰色和橙黄色的小小云团。最后,她的小世界已经丰富得不能再丰富了,从白桦树叶到满天的星星,每样东西都在跳舞,她又一次把手臂伸进池塘,捞出了那个小宝宝。

"安东尼,你会永远陪我一起玩儿吗？"她问。

小宝宝发出欢叫,与此同时,草地上的安东尼正在熟睡。醒来时,他躺在自己的摇篮里。然而,从那第一个夜晚的梦境中,他带走了小女孩王冠上的珠宝,存放在他的胸口,而他把自己的倒影永远地留在了磨坊旁的那一方池水里。

无怪乎他在一天天长大时,总是感到不安,渴望着某种他找不到的东西！他开始到处寻觅,今天以为是这件东西,明天又以为是那件。妈妈看见他每天都这样苦苦寻找,有时候就对他说:"我亲爱的宝贝儿,你想要什么呢？"

星期一,他可能会回答:"我想要世界上最大的黑莓,妈妈！"

星期二,他可能会回答:"我想要一个银闪闪的新玩意儿！"

星期三,他可能会回答:"我想要一个真正的巡夜灯。"

星期四,他可能会回答:"我想要骑一匹带金翅膀的马。"

星期五,他可能会回答:"我想要不会打破的玩具。"

星期六,他可能会回答:"我想要走得比电报线还快。"

星期天,他可能会回答:"我想要你最爱我,妈妈!我就想要这个。"

于是,妈妈尽量满足他的心愿,可是他得到之后,只是一时觉得那是自己想要的,不一会儿就把它扔到了身后。下一个星期又想要六种完全不同的东西,不过到了第七天,他总是想要妈妈最爱他。妈妈愿意倾其所能,把安东尼想要的东西都给他。看到安东尼笑,她就高兴;看到安东尼哭,她就难过。她知道只有安东尼自己才能找到他想寻觅的东西,别人谁都帮不上忙。

安东尼寻找的是他孩童时的玩伴,因此,在他经常光顾的那些地方中,他最喜欢的就是磨坊池塘。在那里,他出生的那个夜晚的朦胧记忆就会重新浮现在脑海。丝丝缕缕的金色和银色会从他醒着或睡着的梦中一闪而过。水鸡从芦苇丛中蹿出,在身后留下一道银色的箭影——那就是她!六月,黄灿灿的鸢尾花挺立在齐脚踝深的水中,给水的深处投下一道金光——是的,那就是她!安东尼在金色和绿色相间的薄雾中打盹儿,白杨树和白面子树在山谷里漫步——不用说,她肯定跟那些树一起行走。彩虹把一道弧形的彩光横架在天空,一只蓝莹莹的蜻蜓在阳光里游动,一片银光闪亮的刨花儿从木匠的刨子前飞出,巡夜灯里的一根蜡烛突然迸射出光亮,映照着雪地,一个火箭筒蹿入夜空,绽放出五颜六色的璀璨群星——啊,那就是她!或许是她!不,那就是她!

然而,安东尼后来要离开"地球的眼睛"时,仍没有找到她。

此刻,当他徒劳地试图钻过那棵开裂的大柳树时,他突然明白了。他知道了,这么多年来,他从未停止过对公主的寻找。当他终于被卡在树缝里时,他知道了这一点。他像一个俘虏,被老巫师那骨节粗大的双手牢牢抓住,再一次眺望童年时代的乐园,看见了他的玩伴就在那池塘边。

他大声召唤她,可是她没有朝他看。她在绿草茵茵的水边跳舞,脸像花儿一般娇艳,头发像舞动的光丝,和他记忆中那个翩翩起舞的她一样。她的破衣烂衫在身上飘动,以那么快的速度闪烁变幻,他刚瞥见一道鸢尾花的金色,转瞬间就变成了白面子树的叶子那样的银色、水鸡胸脯上的羽毛那样的褐色、篝火余烟那样袅袅绕绕的灰色以及翠鸟一闪而过的蓝色。安东尼不介意她是不是回应自己,只要她在跳舞,他能够在旁边看着,他就满足了。

她终于停住了,在池塘边弯下腰,把手伸进水里,开始捞出池塘里的宝贝:鲜花、小鸟和树木,野兽和昆虫,彗星、彩虹和弯弯的月牙儿。是的,安东尼记得,所有这些他都曾

见过。此刻,她像以前一样,又把手臂伸进水里,捞出了那个曾经坐在池边草地上的小宝宝。她再次俯身,捞出了另一个安东尼,比刚才那个稍大一些,手里拿着黑莓。然后又是一个安东尼,哭喊着要月亮——她把月亮给了他,他却给捏碎了,就像一个蛋壳,或是从瓶颈上取下来的一圈锡箔。她动作越来越快,不断地从魔幻的池水中捞出几十个小小的安东尼以及印刻在安东尼心房、脑海和眼帘中的其他形象:爸爸和妈妈、咩咩和啦啦、双手捧满太妃糖的皮尔斯先生;树木在山谷里迈步行走,它们中间走得最气宇轩昂的是老场院的那棵大橡树,它早在安东尼出生前就被摧毁了。大树突然被劈开,伊莱·道斯从树干中走了出来,一只手拿着刨子,另一只手拿着他的那块奶酪。在他身边走着一个小小的安东尼,用手抚摸着刨子,后面跟着贝蒂和贝蒂所有的兄弟姐妹,以及跟安东尼一起在乡村小学校里读书的所有其他的男孩和女孩。一只喜鹊从池塘里飞了出来,之后是跳跳大娘,突然,地面布满了蘑菇,变得一片雪白,傻子比利在蘑菇间俯下身去,被他触摸到的蘑菇都变成了星星。比利身边站着另一个安东尼,手里拿着风筝。一匹带金翅膀的马从水面飞了出来,一道梯子从草地直插向天空,梯子上有许多天使,有的头朝上,有的头朝下,有的上去,有的下来——天空与水面的错位连接,使安东尼分不清哪儿是天空、哪儿是大地。看!那是彼得·莱特福特,他正在制造一口宇宙大钟,身边是一个抽噎哭泣的小安东尼;还有杰姆·斯托克斯,脏兮兮的,斜着眼睛,衣衫褴褛,把一只耳朵贴近一把橡果和山毛榉坚果。那些果子一碰到他的耳朵就长成了树苗。暗自惊诧的安东尼抓住杰姆破旧的外衣,用眼睛盯着杰姆。杰姆把一颗橡果放在安东尼的耳边,橡果也一下子蹿成了一棵橡树。

这些画面以越来越快的速度聚集。安东尼内心充盈着喜悦,觉得自己的心快要像橡果一样爆裂——挣脱出他的身体,挣脱抓住他身体的那个苍老狰狞的巫师——他的心必须挣脱出来,摆脱他自己和他的囚牢,必须回到咩咩和啦啦身边,回到读书的爸爸、扇扇子的妈妈身边。即使在这里,安东尼也能感觉到妈妈扇出的轻柔的微风。他要置身于这片绿草地,置身于他真心热爱的景物之中,他要永远属于这些关于"地球的眼睛"的纷繁无数的画面,为此,他愿意付出任何代价。

那个她似乎听见了安东尼内心的想法,把脸转向了他——这是一张他曾经见过的脸!是一个木偶公主的脸,不到两英尺高——不对,好像是,没错,就是美丽的米勒——正朝安东尼走来,手里拿着一个金叶子编成的花环!然而,就在快要走到安东尼面前时,她渐渐缩小,变成了一个睁着

灰色大眼睛的孩子,月桂树的花环变成了一条金链子,中间有个缺口,是珠宝丢失留下的。安东尼心中灵光一现,知道了自己必须付出的代价。

如果他能不做出那个牺牲就找到她该多好!如果他能够找到她,留住自己的珠宝该多好!他挣扎着想钻过那棵开裂的柳树,却怎么也钻不过去。巫师把他抓得牢牢的,他难以逃脱。要想不被永远困住,只有一个办法。

"拿去吧。"安东尼说。

话音刚落,似乎天空敞开,池水分开——抑或是他的心敞开了,露出了隐藏其中的宝藏?眨眼之间,什么东西从他这里被夺走了,他看见那枚闪闪发亮的珠宝在金链子上重新归位。那个圆环在他眼前蔓延,最后变成了整个地球的圆周。亮闪闪的珠宝越变越大,晶莹剔透,流光溢彩,最后变成的不是被草坪镶嵌着的磨坊池塘,而是一片无边无垠的汪洋大海,是一只映出整个金环圆球的"眼睛"。他生命中全部的画面都淹没在其中,而他自己——他自己会怎么样呢?

他的心裂成了两半,与此同时,另一样东西也裂开了——是大柳树,还是一个万花筒呢?

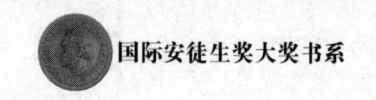

第二十二章 万花筒（穿过大门）

　　安东尼穿过大门，进入童年的乐园，他只知道有件东西被打破了。那又有什么关系呢？记忆没有欺骗他。他的想象并没有给这些绵绵青山多增加一座山峰，没有使那片茵茵草地变得更绿，也没有让河岸上的鸢尾花变得更美丽。暮色降临，小溪在山谷里潺潺流淌，白嘴鸦呱呱叫着飞回自己的窝巢，一只公鸡在山坡上啼鸣——安东尼屏住呼吸，等待变化，然而变化并未出现，眼前的场景似乎静止了。

　　不管什么被打破了都没有关系。不管是一件玩具、一个咒语，抑或他自己的心，这些东西已经永远属于他了，它们的美已经足够。他可以再来造访，溪流仍是溪流，鸢尾花仍是鸢尾花，山峦也仍是他一向熟悉的那些山峦。他回归的那座房子，曾经是他的家，现在依然是他的家。安东尼穿过那些梨树和苹果树，在自己的门前停住脚步，回首张望，"地球的眼睛"的璀璨魔法仍然像往昔一样充满了神奇的魔力。

后记
关于"万花筒"

在我更多是为成人写书而不是为孩子写书的时候,我有一位比我大十岁的男性朋友。我们经常聊起早年的时光以及相关的轶事。我讲我在伦敦的童年,他讲他在萨默索特的童年。我们讲述的东西差别很大,不仅因为他的记忆比我的早,是小男孩的记忆,而我的是小女孩的记忆,还因为我在城里长大,他在乡下长大。他记得的那些事情,是在有着山丘、草地和清清水面的环境中经历的,他生活中认识的人们都是村民,他们的知识和信仰也都是在那种环境中形成的。小男孩的父亲是他们的牧师,一个精通学问和人情世故的人。他的布道中充满了智慧和单纯的人们所能追随的真理。一个星期日的上午走出教堂时,小男孩最好的朋友——村里的木匠说:"啊,乖乖,你老爸真是个俏皮的人。"他的"俏皮"指的不是幽默,而是智慧。这话令小男孩的父亲高兴,他对语言的挚爱深埋在为英国语言培育鲜花的根基中。

从还在摇篮里开始，小男孩在家里就能听到好的道理和好的诗歌。它们在他幼小的心灵中相互交织，对他来说，这两样东西同样真实。他在中年时对我讲述的，往往不只是他童年的故事，而是童年中那些兴高采烈和满怀期盼的时刻，或是极度烦恼或大失所望的时刻。因为他从出生就受到诗歌的熏陶，所以他说的一切都染上了诗歌的魔力。这些感受强烈的时刻留在了我的想象中，从它们的种子中长出了我写的题为《万花筒》的那些故事。

这些故事构成了一本小书，自成一体，但在发表之前，我试图把它们与另一组幻想故事合并在一起。那组故事其实与我朋友的回忆或他本人都毫无关系，是源自于消逝的、被忘却的成人经历。童年的经历不会消逝，而是像一年四季那样循环再现。在《万花筒》绝版前，我就知道它的两部分根本合不到一起。如今我毫不犹豫地只保留我朋友留给我的那半部。顺便说一下，他的名字不叫安东尼。我们曾约定他的本名应当保密。

不过，我曾对他的身份给出了一条线索，跟他最熟的朋友可能由此认出他来。这个秘密现在可以说了。他三岁时的一个夏日，"安东尼"找不到了。全家人焦急地到处搜寻，最后在菜园的豌豆架间逮到了他，他正在从藤上捋嫩豌豆，连同豆荚一起生吃呢。从那天起，"豆荚"就成了他在家中的外号,这至今都是我们这些爱他的人记起他时首先想到的名字。

依列娜·法吉恩
1963年,汉普斯特德
(马爱新 译)